L'HERBE ROUGE

Boris Vian avait toujours dit : « Je n'atteindrai pas les quarante ans. »
Il meurt à trente-neuf ans, en 1959. « En pleine jeunesse... », une jeu-
nesse presque miraculeuse, arrachée année par année à un cœur défail-
lant. Mais jamais il n'a accepté de ne pas faire ce dont il avait envie.
Ingénieur, trompettiste de jazz, acteur, chanteur, il pastiche les romans
noirs américains (J'irai cracher sur vos tombes, 1946), collabore à de
nombreuses revues (Jazz-hot, Les Temps modernes, etc.), au journal
Combat, écrit des nouvelles (Les Fourmis, 1949), des poèmes, des chan-
sons (plus de 400, dont Le Déserteur), des pièces de théâtre (L'Équar-
rissage pour tous créé en 1950) et des romans au style étonnant, mêlant
au paradoxe la fantaisie, l'absurde et l'émotion la plus poignante
(L'Écume des jours, L'Automne à Pékin, L'Herbe rouge, L'Arrache-
cœur).

Serait-on heureux si l'on obtenait sur-le-champ ce qu'on désire le plus
au monde? La plupart des gens répondent oui, le sénateur Dupont
aussi. Wolf, quant à lui, prétend que non. Pour le prouver, il va chercher l'objet des vœux du sénateur : un ouapiti. A la suite de quoi, le
sénateur Dupont tombe dans un état de béatitude qui ressemble fort à
de l'hébétude. Bien que le sénateur Dupont ne soit qu'un chien, ce
spectacle déprimant accroît encore la mélancolie de Wolf.
Vivre doit être autre chose qu'une oscillation de pendule entre cafard
et sotte félicité. Pour en avoir le cœur net, Wolf utilise la machine
qu'il a inventée avec l'aide de son mécanicien Saphir Lazuli. D'une
plongée à l'autre, qu'apprendra-t-il... et où plonge-t-il? C'est le secret
de L'Herbe rouge, qui est aussi celui de Boris Vian — sous le travesti
de l'humour noir, il met en scène ses propres inquiétudes avec la fré-
nésie d'invention burlesque qui l'a rendu célèbre.

ŒUVRES DE BORIS VIAN

Chez Jean-Jacques Pauvert :

JE VOUDRAIS PAS CREVER, poèmes.
L'ARRACHE-CŒUR, roman.
L'HERBE ROUGE, *suivi de* LES LURETTES FOURRÉES, roman.
L'ÉCUME DES JOURS, roman.
LES BATISSEURS D'EMPIRE, LE GOUTER DES GÉNÉRAUX.
L'ÉQUARRISSAGE POUR TOUS, théâtre.
LE DERNIER DES MÉTIERS, théâtre.

Aux Éditions de La Jeune Parque :

TROUBLE DANS LES ANDAINS, roman.
EN AVANT LA ZIZIQUE.
CHRONIQUES DE JAZZ.

Aux Éditions de Minuit :

L'AUTOMNE A PÉKIN.

Aux Éditions Le Terrain Vague :

LES FOURMIS.
VERCOQUIN ET LE PLANCTON.

Parus sous le pseudonyme de Vernon Sullivan

ET ON TUERA TOUS LES AFFREUX.
ELLES SE RENDENT PAS COMPTE.

Dans le Livre de Poche :

L'ARRACHE-CŒUR.

BORIS VIAN

L'herbe rouge

ROMAN

Les lurettes fourrées

NOUVELLES

JEAN-JACQUES PAUVERT

L'HERBE ROUGE

Chapitre premier

Le vent, tiède et endormi, poussait une brassée de feuilles contre la fenêtre. Wolf, fasciné, guettait le petit coin de jour démasqué périodiquement par le retour en arrière de la branche. Sans motif, il se secoua soudain, appuya ses mains sur le bord de son bureau et se leva. Au passage, il fit grincer la lame grinçante du parquet et ferma la porte silencieusement pour compenser. Il descendit l'escalier, se retrouva dehors et ses pieds prirent contact avec l'allée de briques, bordée d'orties bifides, qui menait au Carré, à travers l'herbe rouge du pays.

La machine, à cent pas, charcutait le ciel de sa structure d'acier gris, le cernait de triangles inhumains. La combinaison de Saphir Lazuli, le

mécanicien, s'agitait comme un gros hanneton
cachou près du moteur. Saphir était dans la combinaison. De loin, Wolf le héla et le hanneton se
redressa et s'ébroua.

Il rejoignit Wolf à dix mètres de l'appareil et
ils terminèrent ensemble.

« Vous venez le vérifier ? demanda-t-il.

— Il m'a l'air d'être temps », dit Wolf.

Il regarda l'appareil. La case était remontée, et
entre les quatre pieds râblés béait un puits profond. Il contenait, rangés en bon ordre, les éléments destructeurs qui viendraient s'ajuster auto-
matiquement à la suite les uns des autres, au fur
et à mesure de leur usure.

« Pourvu qu'il n'y ait pas de pépin, dit Wolf.
Après tout, ça peut ne pas tenir. C'est calculé
juste.

— Si on a un seul pépin avec une machine
pareille, grogna Saphir, j'apprends le brenouillou
et je ne parle plus que ça tout le reste de ma
vie.

— Je l'apprends aussi, dit Wolf. Il faudra bien
que tu parles à quelqu'un, n'est-ce pas ?

— Pas d'histoires, dit Lazuli excité. Le brenouillou, c'est pas encore pour demain. On met
en marche ? On va chercher votre femme et ma
Folavril ? Il faut qu'elles voient ça.

— Il faut qu'elles voient ça, répéta Wolf sans
conviction.

— Je prends le scooter, dit Saphir. Je suis de retour dans trois minutes. »

Il enfourcha le petit scooter qui partit en grondant et cahota sur le chemin de briques. Wolf était tout seul au milieu du Carré. Les hauts murs de pierre rose s'élevaient nets et précis à quelques centaines de mètres.

Wolf, debout devant la machine, au milieu de l'herbe rouge attendait. Depuis plusieurs jours, les curieux ne venaient plus ; ils se réservaient pour le jour de l'inauguration officielle, et préféraient, dans l'intervalle, aller voir à l'Eldorami, les boxeurs fous et le montreur de rats empoisonnés.

Le ciel, assez bas, luisait sans bruit. Pour le moment, on pouvait le toucher du doigt en montant sur une chaise ; mais il suffisait d'une risée, d'une saute de vent, pour qu'il se rétracte et s'élève à l'infini...

Il s'approcha du tableau de commande, et ses mains laminées en éprouvèrent la solidité. Il avait la tête légèrement inclinée comme toujours, et son profil dur se découpait sur la tôle, moins résistante, de l'armoire de contrôle. Le vent plaquait sur son corps sa chemise de toile blanche et son pantalon bleu.

Debout, un peu troublé, il attendait le retour de Saphir. Tout commença de cette façon-là simplement. Le jour était pareil aux autres et seul un observateur très entraîné aurait pu remarquer la zébrure filiforme, comme une craquelure dorée, qui marquait l'azur, juste au-dessus de la machine. Mais les yeux de Wolf, pensifs, rêvaient parmi l'herbe rouge. Il y avait de temps en temps l'écho fugitif d'une voiture, derrière le mur Ouest du Carré, en bordure de la route. Les sons portaient loin : c'était jour de repos et les gens s'ennuyaient dans le silence.

Alors, le petit moteur du scooter hoqueta sur la route de briques ; quelques secondes passèrent et Wolf, sans se retourner, perçut à ses côtés le parfum blond de sa femme. Il leva la main et son doigt enfonça le contacteur. Avec un sifflement très doux, le moteur se mit à tourner. La machine vibrait. La cage grise reprit sa place au-dessus du puits. Ils restaient immobiles. Saphir tenait la main de Folavril qui cachait ses yeux derrière une grille de cheveux jaunes.

CHAPITRE II

Ils regardaient la machine, tous les quatre, et il y eut un claquement dur au moment où le second élément, enclenché par les griffes de l'élément de tête, le remplaça à la base de la cage.

Le balancier, rigide, oscillait, sans un à-coup, sans un choc. Le moteur avait pris son régime et l'échappement creusait une longue rainure dans la poussière.

« Elle marche », dit Wolf.

Lil se serra contre lui, et il sentit à travers la toile de son pantalon de travail, la ligne de l'élastique de ses hanches.

« Alors, dit-elle, tu prends quelques jours de repos ?

— Il faut que je continue à venir, dit Wolf.

— Mais tu as fait le travail qu'ils t'ont commandé... dit Lil. C'est fini, maintenant.

— Non, dit Wolf.

— Wolf... murmura Lil. Alors... jamais...

— Après... dit Wolf. D'abord... »

Il hésita puis continua.

« Sitôt qu'elle sera rodée, dit-il, je l'essaierai.

— Qu'est-ce que tu veux oublier ? dit Lil maussade.

— Quand on ne se rappelle rien, répondit Wolf, ce n'est sûrement pas pareil. »

Lil insista.

« Mais tu vas te reposer... Je voudrais deux jours de mon mari... dit-elle à mi-voix avec du sexe dans l'intonation.

— Je veux bien rester avec toi demain, dit Wolf. Mais après-demain, elle sera assez entraînée, et il faudra que je l'étalonne. »

A côté d'eux, Saphir et Folavril, enlacés, ne
bougeaient pas. Pour la première fois, il avait osé
poser ses lèvres sur celles de son amie et il gardait
leur goût de framboise. Il fermait les yeux et le
ronronnement de la machine suffisait à le trans-
porter ailleurs. Et puis il regarda la bouche de
Folavril et ses yeux relevés aux coins comme des
yeux de biche-panthère et il sentit soudain la présence de quelqu'un d'autre. Pas Wolf et Lil... Un
étranger... Il regarda. Il y avait un homme à côté
de lui, qui les observait. Son cœur sauta mais il
ne fit pas un mouvement. Il attendit puis se décida
à passer sa main sur ses paupières. Lil et Wolf
parlaient. Il entendait le murmure de leurs mots...
Il pressa violemment ses yeux jusqu'à voir des
taches fulgurantes, et les rouvrit. Personne. Folavril ne s'était aperçue de rien. Elle restait contre
lui, presque indifférente... lui-même n'avait guère
pensé à ce qu'ils faisaient.

Wolf allongea le bras et saisit Folavril par
l'épaule.

« En tout cas, dit-il, toi et ton coquin vous
venez dîner ce soir à la maison.

— Oh oui !... dit Folavril. Pour une fois, vous
laisserez le sénateur Dupont avec nous... Il est
toujours à la cuisine, le pauvre vieux !

— Il va crever d'indigestion, dit Wolf.

— Chouette, dit Lazuli avec un effort pour être
gai. Ça veut dire qu'on fait un vrai gueuleton.

— Comptez sur moi », dit Lil.

Elle aimait bien Lazuli. Il avait l'air tellement jeune.

« Demain, dit Wolf à Lazuli, c'est toi qui viendras surveiller tout ça. Je prends un jour de repos.

— Pas de repos, murmura Lil en se frottant contre lui. De vacances. Avec moi.

— Je pourrai accompagner Lazuli ? » demanda Folavril.

Saphir lui pressa doucement la main pour lui dire qu'elle était gentille.

« Ah ! dit Wolf, je veux bien, mais pas de sabotage. »

Encore un claquement brutal et le talon du second tronçon extirpa le troisième de la réserve.

« Ça marche tout seul, dit Lil. Allons-nous-en. »

Ils firent demi-tour. Tous fatigués comme après une grosse tension. Dans l'air du crépuscule, ils distinguèrent la silhouette grise et velue du sénateur Dupont que la bonne venait de lâcher et qui accourait les rejoindre en miaulant à tue-tête.

« Qui lui a appris à miauler ? demanda Folavril.

— Marguerite, répondit Lil. Elle dit qu'elle préfère les chats, et le Sénateur ne peut rien lui refuser. Pourtant, ça lui fait très mal à la gorge. »

En chemin, Saphir prit la main de Folavril et
il se retourna deux fois. Il avait eu, pour la
seconde fois, l'impression qu'un homme les suivait pour les épier. C'était sans doute ses nerfs.
Il frotta sa joue contre les longs cheveux de la
fille blonde qui marchait au même pas que lui.
Loin derrière eux, la machine murmurait dans le
ciel instable, et le Carré était mort et désert.

CHAPITRE III

WOLF choisit un bel os dans son assiette et le
déposa au milieu de celle du sénateur Dupont qui
trônait en face de lui, une serviette nouée élégam-
ment autour de son cou miteux. Le sénateur, au
comble de la jubilation, esquissa un aboiement
jovial qu'il transforma aussitôt en un miaou super-
bement modulé, sentant peser sur lui le regard
courroucé de la bonne. A son tour, celle-ci pré-
senta son offrande. Une grosse boule de mie de
pain, roulée entre des doigts tout noirs, et le sénateur engloutit la chose avec un « glop » sonore.
    Les quatre autres parlaient, genre conversa-
tion-type-de-table, passe-moi le pain, j'ai pas de
couteau, prête-moi ta plume, où sont les billes,
j'ai une bougie qui ne donne pas, qui a gagné

Waterloo, honni soit qui mal y pense et les vaches seront ourlées au mètre. Le tout en fort peu de mots, car, en somme, Saphir était amoureux de Folavril, Lil de Wolf, et vice versa pour la symétrie de l'histoire. Et Lil ressemblait à Folavril car elles avaient toutes deux des cheveux blonds et longs, des lèvres à embrasser et la taille fine. Folavril la portait plus haut, à cause de ses jambes perfectionnées, mais Lil montrait de plus jolies épaules et puis Wolf l'avait épousée. Sans sa combinaison cachou, Saphir Lazuli faisait beaucoup plus épris ; c'était la première phase, il buvait du vin pur. La vie était vide et pas triste, en attente. Pour Wolf. Pour Saphir, débordante et pas qualifiable. Pour Lil, corollaire. Folavril ne pensait pas. Elle vivait simplement et elle était douce, à cause de ses yeux de biche-panthère aux coins.

On servait et desservait, Wolf ne savait pas qui. Il ne pouvait regarder un domestique, car cela fait honte. Il versa du vin à Saphir qui but et à Folavril qui rit. La bonne sortit et revint du jardin avec une boîte de conserves remplie d'un mélange de terre et d'eau, qu'elle tenta de faire absorber au sénateur Dupont pour le taquiner. Il se mit à mener un tapage d'enfer, en conservant assez de self-control pour miauler de temps en temps, comme un bon chat domestique.

Ainsi que la plupart des gestes qui se répètent

tous les jours, le repas n'avait pas de durée sensible. Il se passait, c'est tout. Dans une jolie pièce aux murs de bois verni, aux grandes baies de glace bleutée, au plafond rayé de poutres droites et foncées.

Le sol, carrelé d'orange pâle s'abaissait un peu en pente vers le centre de la pièce pour créer l'intimité. Sur une cheminée de briques assorties, trônait le portrait du sénateur Dupont à trois ans, avec un beau collier de cuir croûté d'argent. Des fleurs de spirale d'Asie mineure garnissaient un vase limpide ; entre leurs tiges bosselées passaient des petits poissons des Mers. Par la fenêtre, on voyait les longues traînées de larmes du crépuscule sur les joues noires des nuages.

« Passe-moi le pain », dit Wolf.

Saphir, qui lui faisait face, allongea le bras droit, prit la corbeille et la lui tendit du bras gauche — pourquoi pas.

« J'ai pas de couteau, dit Folavril.

— Prête-moi ta plume, répondit Lil.

— Où sont les billes ? » demanda Saphir.

Puis, ils s'arrêtèrent quelques instants, car cela suffisait à entretenir la conversation pour le rôti. En outre, on ne mangeait point de rôti ce soir-là, soir de gala ; un gros poulet doré à la feuille gloussait en sourdine au centre du plat de porcelaine d'Australie.

« Où sont les billes ? » répéta Saphir.

— J'ai une bougie qui ne donne pas, remarqua Wolf.

— Qui a gagné Waterloo ? » interjeta, sans prévenir, le sénateur Dupont, coupant la parole à Lil.

Ce qui créa un second silence car ce n'était pas prévu au programme. En manière de parade, les voix conjuguées de Lil et de Folavril s'élevèrent.

« Honni soit qui mal y pense... affirmèrent-elles avec un grand calme.

— Et les vaches seront ourlées au mètre, deux fois », répondirent en canon perfectionné, Saphir et Wolf.

Pourtant, ils pensaient visiblement à autre chose, car leurs deux paires d'yeux avaient cessé d'être assorties.

Le dîner se poursuivit donc à la satisfaction générale.

« On poursuit la soirée ? proposa Lazuli au dessert. Ça m'ennuie de remonter me coucher. »

Il habitait la moitié du second étage, Folavril l'autre. Comme ça, le hasard.

Lil aurait voulu se coucher avec Wolf, mais elle pensait que peut-être cela amuserait Wolf. Le distrairait. Le détendrait. Le gratouillerait. De voir ses amis. Elle lui dit :

« Téléphone à tes amis.

— Lesquels ? » demanda Wolf en décrochant. On lui dit lesquels et ils n'étaient pas contre.

Pour l'ambiance, pendant ce temps-là, Lil et Folavril souriaient.

Wolf reposa le téléphone. Il avait cru faire plaisir
à Lil. Comme elle ne disait pas tout, par pudeur,
il la comprenait peu.

« Qu'est-ce qu'on va faire ? dit-il. La même
chose que les autres fois ? Disques, bouteilles,
danse, rideaux déchirés, lavabo bouché ? Enfin,
si ça te fait plaisir, ma Lil. »

Lil avait envie de pleurer. De se cacher la
figure dans un gros tas de duvet bleu. Elle avala
son chagrin avec effort et dit à Lazuli d'ouvrir
l'armoire aux liquides, pour être gaie tout de
même. Folavril comprenait à peu près et elle se
leva et serra le poignet de Lil en passant.

La bonne, en guise de dessert, remplissait
l'oreille gauche du sénateur Dupont, à la petite
cuiller, de moutarde Colman apprivoisée, et le
sénateur hochait la tête de crainte qu'un remue-
ment opposé, de queue, ne soit pris pour une
marque d'estime.

Lil choisit une bouteille vert clair parmi les
dix que venait d'extirper Lazuli, et s'en versa
un ras-bord sans laisser de place pour l'eau.

« Un verre, Folle ? proposa-t-elle.

— Je veux bien », dit Folavril, amie.

Saphir disparut vers la salle de bain pour
améliorer certains détails de sa toilette. Wolf
regardait par la fenêtre de l'Ouest.

Une à une, les bandes rouges des nuages s'éteignaient, avec un léger murmure, un friselis de fer chaud dans l'eau. Il y eut une seconde où tout resta immobile.

Un quart d'heure, après, les amis arrivèrent pour la soirée divertissante. Saphir sortait de la salle de bain, le nez rouge de se l'être pressé et mit le premier disque. Il y en avait pour jusqu'à trois heures et demie, quatre heures. Là-bas, au milieu du Carré, la machine grognait toujours, et le moteur perforait la nuit de sa petite lumière gourde.

CHAPITRE IV

DEUX couples dansaient encore, dont un composé de Lil et de Lazuli. Lil était contente : on l'avait invitée toute la soirée et, avec quelques verres de maintien, ça s'était arrangé très bien. Wolf les regarda un instant et se glissa dehors pour entrer dans son bureau. Là, dans un coin, il y avait, sur quatre pieds, un grand miroir d'argent poli. Wolf s'approcha et s'étendit de tout son long, la figure contre le métal, pour se parler d'homme à homme. Un Wolf d'argent attendait devant lui. Il pressa ses mains sur la surface froide pour s'assurer de sa présence.

« Qu'est-ce que tu as ? » dit-il.

Son reflet fit un geste d'ignorance.

« De quoi tu as envie ? dit encore Wolf. L'air n'est pas mauvais, par ici. »

Sa main s'approcha du mur et manœuvra l'interrupteur. La pièce, d'un coup, tomba dans le noir. Seule l'image de Wolf restait éclairée. Elle prenait sa lumière d'ailleurs.

« Qu'est-ce que tu fais pour t'en sortir ? continua Wolf. Et pour te sortir de quoi, d'ailleurs ? »

Le reflet soupira. Un soupir de lassitude. Wolf se mit à ricaner.

« C'est ça, plains-toi. Rien ne marche, en somme. Tu vas voir, mon bonhomme. Je vais entrer dans cette machine. »

Son image parut assez ennuyée.

« Ici, dit Wolf, qu'est-ce que je vois ? Des brumes, des yeux, des gens... des poussières sans densité... et puis ce sacré ciel comme un diaphragme.

— Reste tranquille, dit nettement le reflet. Pour ainsi dire, tu nous casses les pieds.

— C'est décevant, hein ? railla Wolf. Tu as peur que je ne sois déçu quand j'aurai tout oublié ? Il vaut mieux être déçu que d'espérer dans le vague. De toute façon, il faut savoir. Pour une fois que l'occasion se présente... Mais réponds donc, bougre !... »

Son vis-à-vis restait muet, désapprobateur.

« Et la machine ne m'a rien coûté, dit Wolf. Tu te rends compte ? C'est ma chance. La chance

de ma vie, voui. Je la laisserais passer ? Pas question. Une solution qui vous démolit vaut mieux
que n'importe quelle incertitude. T'es pas d'accord ?.

— Pas d'accord, répéta le reflet.

— Ça va, dit Wolf brutalement. C'est moi qui
ai parlé. Tu ne comptes pas. Tu ne me sers plus
à rien. Je choisis. La lucidité. Ah ! Ah ! Je cause
majuscule. »

Il se redressa péniblement. Devant lui, il y avait
son image, comme gravée dans la feuille d'argent.
Il refit la lumière et elle s'effaça lentement. Sa
main, sur le commutateur, était blanche et dure
comme le métal du miroir.

Chapitre v

Wolf fit un brin de toilette avant de revenir
dans la salle où l'on buvait en dansant. Se lava
les mains, laissa pousser sa moustache, constata
que ça ne lui allait pas, la coupa sur-le-champ
et noua sa cravate d'une autre, plus volumineuse,
façon, car la mode venait de changer. Puis, au
risque de le choquer, il prit le couloir en sens
inverse. Au passage, il fit basculer le coupe-cir-
cuit, qui servait à varier l'atmosphère pendant les
longues soirées d'hiver. De ce fait, l'éclairage se
trouvait remplacé par une émission de rayons X

extra-doux, émoussés pour plus de précaution, qui projetaient sur les murs luminescents l'image agrandie du cœur des danseurs. On voyait au rythme suivi s'ils aimaient leur partenaire.

Lazuli dansait avec Lil. Tout allait bien de ce côté-là et leurs cœurs, tous deux assez jolis de forme et cependant très différents, palpitaient distraitement, tranquillement. Folavril se tenait debout près du buffet, le cœur arrêté. Les deux autres couples s'étaient constitués par échange de leur élément femelle légal, et l'allure des battements prouvait sans discussion que ce système s'étendait au-delà de la danse.

Wolf invita Folavril. Douce, indifférente, elle se laissa conduire. Ils passèrent près de la fenêtre. Il était tard, ou tôt et la nuit ruisselait sur le toit de la maison avec des remous, roulant comme des fumées lourdes, le long de la lumière ardente qui les faisait s'évaporer aussitôt. Wolf s'arrêta peu à peu. Ils avaient atteint la porte.

« Viens, dit-il à Folavril. On va faire un tour dehors.

— Je veux bien », répondit Folavril.

En passant, elle prit une poignée de cerises sur une assiette et Wolf s'effaça pour la laisser sortir. Ils touchaient la nuit de tout leur corps. Le ciel était baigné d'ombre, mouvant, instable comme le péritoine d'un chat noir en pleine digestion. Wolf tenait le bras de Folavril ; ils sui-

virent l'allée de graviers. Leurs pieds crissants
faisaient de petites notes aiguës en forme de clo-
chettes de silex. Trébuchant sur le bord de la
pelouse, Wolf se rattrapa à Folavril. Elle céda,
ils tombèrent assis sur l'herbe et, la trouvant
tiède, ils s'étendirent côte à côte, sans se toucher.
Un soubresaut de la nuit démasqua soudain quelques étoiles. Folavril croquait des cerises ; on
entendait le jus vif et parfumé lui éclater dans la
bouche. Wolf était tout plat sur le sol, ses mains
froissaient et écrasaient les brins odorants. Il
aurait dormi là.

« Tu t'amuses, Folle ? demanda-t-il.

— Oui... dit Folavril dubitative. Mais Saphir...
est drôle, aujourd'hui. Il n'ose pas m'embrasser.
Il se retourne tout le temps comme s'il y avait
quelqu'un.

— Maintenant, ça va se tasser, dit Wolf. Il a
trop travaillé.

— J'espère que c'est ça, dit Folavril. C'est
fini.

— Le principal est fait, dit Wolf. Mais demain,
je vais l'essayer.

— Oh ! j'aimerais venir, dit Folavril. Vous voulez bien m'emmener ?

— Je ne peux pas, dit Wolf. Théoriquement, ce
n'est pas à ça qu'elle sert. Et qui sait ce que
je vais trouver derrière ? Tu n'es jamais curieuse,
toi, Folle ?

— Non, dit-elle. Je suis trop paresseuse. Et puis, je suis presque toujours contente, alors, je n'ai pas de curiosité.

— Tu es la douceur même, dit Wolf.

— Pourquoi me dites-vous ça, Wolf ? demanda Folavril avec une inflexion.

— Je n'ai rien dit, murmura Wolf. Donne-moi des cerises. »

Il sentit les doigts frais lui caresser le visage, cherchant sa bouche, et lui glisser une cerise entre les lèvres. Il la laissa tiédir quelques secondes avant de croquer et rongea le noyau mobile. Folavril était tout près de lui et l'arôme de son corps se mêlait aux parfums de la terre et de l'herbe.

« Tu sens bon, Folle, dit-il. J'aime ton parfum.

— Je n'en mets pas », répondit Folavril.

Elle regardait les étoiles se courir après dans le ciel et se rejoindre avec de grands éclairs. Trois d'entre elles, en haut, à droite, mimaient une danse orientale. Des volutes de nuit les masquaient par instants.

Wolf se retourna lentement pour changer de position. Il ne voulait pas perdre une seconde le contact de l'herbe. Sa main droite cherchant un appui, rencontra le pelage d'un petit animal immobile. Il écarquilla les yeux, cherchant à le distinguer dans le sombre.

« J'ai une bête douce tout près de moi, dit-il.

— Merci !... » répondit Folavril.

Elle rit très silencieusement.

« Ce n'est pas toi, dit Wolf. Je m'en apercevrais. C'est une taupe... ou un bébé taupe. Ça ne bouge pas mais c'est vivant... tiens, écoute quand je le caresse. »

Le bébé taupe se mit à ronronner. Ses petits yeux rouges brillaient comme des saphirs blancs. Wolf s'assit et le posa sur la poitrine de Folavril, à l'endroit où commençait la robe, juste entre les seins.

« C'est doux », dit Folavril.

Elle rit.

« On est bien. »

Wolf se laissa retomber sur l'herbe. Il était habitué à l'obscurité et commençait à voir. Devant lui, à quelques centimètres, le bras de Folavril reposait, lisse et clair. Il avança la tête et ses lèvres effleurèrent le creux d'ombre de la saignée.

« Folle... tu es jolie.

— Je ne sais pas... murmura-t-elle. On est bien. Si on dormait là ?

— On pourrait, dit Wolf. Je l'ai pensé tout à l'heure. »

Sa joue se posa contre l'épaule de Folavril, encore un peu anguleuse de trop de jeunesse.

« On va se réveiller couverts de taupes », dit-elle encore.

Elle rit à nouveau, de son rire bas et grave, un peu étouffé.

« L'herbe sent bon, dit Wolf. L'herbe et toi. Il y a plein de fleurs. Qu'est-ce qui sent le muguet ? Il n'y a plus de muguet maintenant.

— Je me rappelle le muguet, dit Folavril. Autrefois, c'était plein de muguet, des champs entiers, drus comme des cheveux en brosse. On s'asseyait au milieu et on le cueillait sans se lever. Plein de muguet. Mais ici, c'est une autre plante, avec des fleurs en chair orange, comme des petites plaques rondes. Je ne sais pas comment on l'appelle. Sous ma tête, ce sont des violettes de la mort et là, près de mon autre main, il y a des asphodèles.

— Tu es sûre ? demanda Wolf d'une voix un peu lointaine.

— Non, dit Folavril. Mais je n'en ai jamais vu et, comme j'aime ce nom-là et ces fleurs-là, je les mets ensemble.

— C'est ce qu'on fait, dit Wolf. On met ce qu'on aime ensemble. Si on ne s'aimait pas tant soi-même on serait toujours seuls.

— Ce soir, on est tout seuls, dit Folavril. Tout seuls tous les deux. »

Elle eut un soupir de plaisir.

« Ce qu'on est bien, murmura-t-elle.

— C'est la veille », dit Wolf.

Ils se turent. Folavril caressait tendrement le

bébé taupe qui mugissait de satisfaction... un tout
petit mugissement de bébé taupe. Des trouées de
vide s'ouvraient au-dessus d'eux, traquées par
une obscurité mobile qui, par moments, dérobait
les étoiles à leur vue. Ils s'endormirent sans parler,
le corps contre la terre chaude, dans le parfum des
fleurs sanglantes. Le jour allait commencer à
poindre. Il venait de la maison une rumeur incertaine, sophistiquée comme de la serge bleue. Un
brin d'herbe se courbait sous le souffle imperceptible de Folavril.

CHAPITRE VI

Las d'attendre le réveil de Lil qui pouvait aussi
bien se produire dans la soirée, Wolf griffonna un
billet qu'il laissa près d'elle et sortit de chez lui
vêtu de son costume vert, spécialement conçu
pour jouer au plouk.

Le sénateur Dupont, déjà harnaché par la
bonne, le suivit en traînant la petite voiture où on
mettait les billes et les drapiaux, la pelle à creu-
ser et le pointe-plante, sans oublier le compte-
coups et le siphon à billes pour les cas où le trou
était trop profond. Wolf portait en bandoulière
ses cannes de plouk dans un étui : celle à angle

ouvert, celle à angle mort et celle dont on ne se
sert jamais mais qui brille très fort.

Il était onze heures. Wolf se sentait reposé mais
Lil avait dansé jusqu'au matin sans s'arrêter.
Saphir devait travailler à la machine. Folavril
dormait aussi, probablement.

Le sénateur pestait comme un vrai diable. Il
n'aimait pas du tout le plouk et se révoltait en
particulier contre la petite voiture. Wolf tenait à
la lui faire tirer de temps en temps pour que
son ventre tombe, résultat de l'exercice pris. Le
sénateur Dupont avait l'âme voilée de crêpe ; en
outre, jamais son ventre ne tomberait, il était bien
trop tendu. Tous les trois mètres, le sénateur faisait halte et consommait une touffe de chiendent.

Le terrain à ploukir s'étendait à la limite du
carré, derrière le mur méridional. L'herbe n'y
était point rouge, mais d'un beau vert artificiel
garni de boqueteaux et de terrains à lapins bigles.
On pouvait y ploukir des heures sans être obligé
de revenir sur ses pas ; ceci constituait un de ses
agréments principaux. Wolf marchait d'un bon
pas, savourant l'air du matin frais pondu. De
temps à autre, il interpellait le sénateur Dupont
et se moquait de lui.

« Tu as encore faim ? lui demanda-t-il, comme
le sénateur se ruait sur un chiendent particulièrement haut. Faut le dire ! On t'en servira de
temps en temps.

— Ça va, ça va, grommela le sénateur. C'est bien malin de se moquer d'un vieux malheureux qui a à peine la force de se traîner soi-même et à qui on fait, par surcroît, tirer de pesants véhicules.

— Tu en as bien besoin, dit Wolf. Tu prends de l'estomac. Tu vas perdre tous tes poils et attraper le rouge et tu seras immonde.

— Pour ce que je fais de la bête, ça me suffit, dit le sénateur. De toute façon, la bonne m'arrachera ce qui reste en me peignant sauvagement. »

Wolf marchait devant et parlait sans se retourner, les mains dans les poches.

« Quand même, dit-il. Suppose que quelqu'un vienne s'établir par ici et qu'il ait, disons... une chienne...

— Vous ne m'aurez pas comme ça, dit le sénateur, je suis revenu de tout.

— Sauf du chiendent, dit Wolf. Drôle de goût. Moi je préférerais une jolie petite chienne.

— Faut pas vous en priver, dit le sénateur. Suis pas jaloux. Ai juste un peu mal aux tripes.

— Mais quand tu mangeais tout ça, dit Wolf, sur le moment, après tout, ça t'a fait plaisir.

— Heu... dit le sénateur. A part la bouillie à la terre et la moutarde dans l'oreille, ça se tenait.

— Tu n'as qu'à te défendre, dit Wolf. Tu pourrais très bien lui apprendre à te respecter.

— Je ne suis pas respectable, dit le sénateur.

Je suis un vieux chien puant et je bouffe toute
la journée. Beuh !... ajouta-t-il en portant une
patte molle à son museau... Vous allez m'excuser
une seconde... Ce chiendent était de bonne qualité... Il opère... Détachez la voiture, si ça ne vous
fait rien, ça risque de me gêner. »

Wolf, se penchant, libéra le sénateur du har-
nais de peau qui l'enchaînait aux brancards. Le
sénateur partit le nez au sol, à la recherche d'un
petit buisson doué d'une odeur adéquate et susceptible de dissimuler aux yeux de Wolf la désho-
norante activité qui allait s'ensuivre. Wolf s'arrêta pour l'attendre.

« Prends ton temps, lui dit-il. On n'est pas à
la minute. »

Très occupé à hoqueter en cadence, le sénateur
Dupont ne répondit pas. Wolf s'assit par terre,
les talons aux fesses et se mit à se balancer d'avant
en arrière, en serrant ses genoux dans ses bras.
Il fredonnait, pour corser l'intérêt de l'action, un
air tout plein de sentiment.

C'est là que le trouva Lil cinq minutes plus
tard. Le sénateur n'en finissait pas et Wolf allait
se lever pour lui tapoter le dos. Les pas de Lil,
pressés, l'arrêtèrent ; il savait, sans regarder, qui
c'était. Elle portait une robe de toile fine et ses
cheveux dénoués sautaient sur ses épaules. Elle
s'accrocha au cou de Wolf, s'agenouillant près de
lui, et lui parla dans l'oreille.

« Pourquoi ne m'as-tu pas attendue ? C'est ça mon jour de vacances ?

— Je ne voulais pas te réveiller, dit Wolf. Tu avais l'air fatiguée.

— Je suis très fatiguée, dit-elle. Tu voulais vraiment jouer au plouk ce matin ?

— Je voulais surtout marcher un peu, dit Wolf. Le sénateur aussi, mais lui, il a changé d'avis en route. Ceci dit, je suis prêt à faire ce que tu me proposeras.

— Tu es gentil, dit Lil. Je venais justement te dire que j'avais oublié une course très importante et que tu peux jouer au plouk tout de même et sans remords.

— Tu as encore dix minutes ? demanda Wolf.

— C'est une course, expliqua Lil. Je suis forcée, j'ai rendez-vous.

— Tu as encore dix minutes ? demanda Wolf.

— Bien sûr, répondit Lil. Pauvre sénateur. Je savais qu'il serait malade.

— Pas malade, réussit à dire le sénateur derrière son buisson. Intoxiqué, c'est différent.

— C'est ça ! protesta Lil. Dis que la cuisine était mauvaise.

— La terre l'était, grommela le sénateur, et il se remit à glapir.

— On va se promener ensemble avant que je ne parte, dit Lil. Où va-t-on ?

— Où on veut, dit Wolf.

Il se leva en même temps que Lil et laissa tomber ses cannes dans la petite voiture.

« Je reviens, dit-il au sénateur. Prends ton temps et ne te surmène pas.

— Pas de danger, dit le sénateur. Bon Dieu ! J'ai les pattes qui tremblent que c'en est une horreur. »

Ils marchèrent au soleil. De grandes prairies s'enfonçaient comme des golfes dans des futaies d'un vert obscur. Les arbres, de loin, paraissaient serrés les uns contre les autres et on aurait voulu en être un. Par terre, c'était sec et brindilleux. Ils avaient laissé à leur gauche le terrain à ploukir, un peu en dessous car le sol s'élevait. Deux ou trois personnes ploukaient consciencieusement avec usage de tous les accessoires.

« Si on parlait d'hier, dit Wolf, tu t'es bien amusée ?

— Très bien, dit Lil en sautant, j'ai dansé tout le temps.

— J'ai vu ça, dit Wolf, avec Lazuli. Je suis très jaloux. »

Ils prirent vers la droite pour entrer dans le bois. On entendait les picverts jouer aux petits papiers en morse.

« Qu'est-ce que tu as fait avec Folavril, toi ? dit Lil en contre-attaque.

— Dormi sur l'herbe, répondit Wolf.

— Elle embrasse bien ? demanda Lil.

— Tu es bête, dit Wolf, je n'y avais même pas songé. »

Lil rit et se serra contre lui en marchant au même pas, et ceci la forçait à des écartèlements sérieux.

« Je voudrais que ça soit toujours les vacances, dit-elle. Je voudrais tout le temps me promener avec toi.

— Tu en auras assez tout de suite, dit Wolf. Tu vois, déjà une course à faire.

— C'est pas vrai, dit Lil. C'est un hasard. Tu préfères ton travail. Tu ne peux pas rester sans travailler. Ça te rend fou.

— Ce n'est pas de ne pas travailler qui me rend fou, dit Wolf. Je le suis naturellement. Pas exactement fou, mais mal à mon aise.

— Pas quand tu dors avec Folavril, dit Lil.

— Ni quand je dors avec toi, dit Wolf. Mais ce matin, c'est toi qui dormais et j'ai préféré m'en aller.

— Pourquoi ? dit Lil.

— Sans ça, dit Wolf, je t'aurais réveillée.

— Pourquoi ? répéta Lil innocemment.

— Pour ça, dit Wolf en faisant ce qu'il disait et ils se trouvèrent allongés dans l'herbe du bois.

— Pas là, dit Lil, c'est plein de monde. »

Elle n'avait pas du tout l'air de croire à sa raison.

« Tu ne pourras plus jouer au plouk après, dit-elle.

— J'aime ce jeu-là aussi, murmura Wolf dans son oreille, oreille comestible d'ailleurs.

— Je voudrais que tu sois toujours en vacances », soupira Lil presque heureuse.

Puis heureuse tout à fait, avec divers soupirs et quelque activité.

Elle rouvrit les yeux.

« J'aime beaucoup, beaucoup ça... » conclut-elle.

Wolf l'embrassa doucement sur les cils pour atténuer l'ennui d'une séparation même locale.

« Qu'est-ce que c'est que cette course ? demanda-t-il.

— C'est une course, dit Lil. Viens vite... Je vais être en retard. »

Elle se leva, le prit par la main. Ils coururent jusqu'à la petite voiture. Le sénateur Dupont effondré, les quatre pattes à plat, bavait sur les cailloux.

« Lève-toi, sénateur, dit Wolf. On va jouer au plouk.

— Au revoir, dit Lil. Reviens tôt.

— Et toi ? dit Wolf.

— Je serai là ! » cria Lil en se sauvant.

CHAPITRE VII

« Mmmm... joli coup ! » apprécia le sénateur.

La bille venait de s'envoler très haut et le sillage de fumée rousse qu'elle venait de tracer persistait dans le ciel. Wolf laissa retomber sa canne et ils reprirent leur marche.

« Oui, dit Wolf indifférent, je suis en progrès. Si je pouvais m'entraîner...

— Personne ne vous en empêche, dit le sénateur Dupont.

— De toute façon, répondit Wolf, il y aura toujours des gens qui joueront mieux que moi. Alors ? A quoi bon ? »

— Ça ne fait rien, dit le sénateur. C'est un jeu.

— Justement, dit Wolf, puisque c'est un jeu, il faut être le premier. Sans ça, c'est idiot et c'est tout. Oh ! et puis ça fait quinze ans que je joue au plouk... tu penses comme ça m'excite encore... »

La petite voiture brinquebalait derrière le sénateur et profita d'une légère déclivité pour venir lui cogner le derrière avec sournoiserie. Le sénateur se lamenta.

« Quel supplice ! gémit-il. J'aurai le cul pelé avant une heure !...

— Ne sois pas douillet comme ça, dit Wolf.

— Enfin, dit le sénateur, à mon âge! C'est humiliant!

— Ça te fait du bien de te promener un peu, dit Wolf, je t'assure.

— Quel bien peut me faire une chose qui m'assomme, dit le sénateur.

— Mais tout est assommant, dit Wolf, et on fait des choses quand même...

— Oh! vous, dit le sénateur, sous prétexte que rien ne vous amuse, vous croyez que tout le monde est dégoûté de tout.

— Bon, dit Wolf, en ce moment, de quoi as-tu envie?

— Et si on vous posait la même question, grommela le sénateur, vous seriez bien en peine de répondre, hein? »

Effectivement, Wolf ne répondit pas tout de suite. Il balançait sa canne et s'amusait à décapiter des tiges de pétoufle grimaçant qui croissaient çà et là sur le terrain à ploukir. De chaque tige coupée sortait un jet gluant de sève noire qui se gonflait en un petit ballon noir à monogramme d'or.

« Je ne serais pas en peine, dit Wolf. Je te dirais simplement que plus rien ne me fait envie.

— C'est nouveau, ricana le sénateur, et la machine?

— Ça serait plutôt une solution désespérée, railla Wolf à son tour.

— Allons, dit le sénateur, vous n'avez pas tout essayé.

— C'est vrai, dit Wolf. Pas encore. Mais ça va venir. Il faut d'abord une vue claire des choses. Tout ça ne me dit pas de quoi tu as envie. »

Le sénateur devenait grave.

« Vous ne vous moquerez pas de moi ? » demanda-t-il.

Les coins de son museau étaient humides et frémissants.

« Absolument pas, dit Wolf. Si je savais que quelqu'un a vraiment envie de quelque chose, ça me remonterait le moral.

— Depuis que j'ai trois mois, dit le sénateur d'un ton confidentiel, je voudrais un ouapiti.

— Un ouapiti », répéta Wolf absent.

Et il reprit aussitôt :

« Un ouapiti !... »

Le sénateur reprit courage. Sa voix s'affermit.

« Ça au moins, expliqua-t-il, c'est une envie précise et bien définie. Un ouapiti, c'est vert, ça a des piquants ronds et ça fait plop quand on le jette à l'eau. Enfin... pour moi... un ouapiti est comme ça.

— Et c'est ça que tu veux ?

— Oui, dit le sénateur fièrement. Et j'ai un but dans ma vie et je suis heureux comme ça. Je veux dire, je serais heureux sans cette saloperie de petite voiture. »

Wolf fit quelques pas en reniflant et cessa de décapiter les pétoufles. Il s'arrêta.

« Bon, dit-il. Je vais t'enlever la voiture et on va aller chercher un ouapiti. Tu verras si ça change quoi que ce soit d'avoir ce qu'on veut. »

Le sénateur s'arrêta et hennit de saisissement.

« Quoi ? dit-il. Vous feriez ça ?

— Je te le dis...

— Sans blague, haleta le sénateur. Faut pas donner un espoir comme ça à un vieux chien fatigué...

— Tu as la veine d'avoir envie de quelque chose, dit Wolf, je vais t'aider, c'est normal...

— Nom d'une pipe ! dit le sénateur, c'est ce qu'on appelle de la métaphysique amusante, dans le catéchisme. »

Pour la seconde fois, Wolf se baissa et libéra le sénateur. Gardant une canne à ploukir, il laissa les autres dans la voiture. Personne n'y toucherait car le code moral du plouk est particulièrement sévère.

« En route, dit-il. Pour le ouapiti, il faut marcher courbés et vers l'est.

— Même en vous courbant, dit Dupont, vous serez encore plus grand que moi. Donc, je reste debout. »

Ils partirent, humant le sol avec précaution. La brise agitait le ciel dont le ventre argenté et mouvant s'abaissait parfois à caresser les grandes ombelles bleues des cardavoines de mai, encore en fleur et dont l'odeur poivrée tremblait dans l'air tiède.

Chapitre viii

En quittant Wolf, Lil se dépêchait. Une petite grenouille bleue se mit à sauter devant elle. Une rainette sans pigment complémentaire. Elle allait du côté de la maison et battit Lil de deux sauts. La rainette continua, mais Lil monta vite l'escalier pour se remaquiller devant sa coiffeuse. Un coup de pinceau par cil, un coup de brosse par là, de l'élixir pour les joues, du tapotif pour les tifs, des étuis à zongles et c'était fait. Pas plus d'une heure. En courant, elle dit au revoir à la bonne et elle était dehors. Traversa le Carré et, par une petite porte, entra dans la rue.

La rue crevait d'ennui en longues fentes originales, pour tenter une diversion.

Au fond de lames d'ombre sinueuses luisaient des pierres de couleurs vives, des reflets incertains, des taches de clarté qui s'éteignaient au

hasard des mouvements du sol. La lueur d'une
opale et puis un de ces cristaux des montagnes
qui jettent une poudre d'or quand on veut les
saisir, comme des pieuvres, l'éclair grinçant d'une
émeraude sauvage et soudain, les traînées tendres
d'une colonie de béryls dégradés. A pas menus,
Lil songeait aux questions qu'elle poserait.
Et sa robe suivait ses jambes, complaisamment,
plutôt flattée.

Il y eut des maisons, d'abord à peine poussées,
puis des grandes, et c'était une vraie rue avec
immeubles et circulations. Croiser trois transver-
sales, tourner à droite ; la reniflante habitait une
haute cabane montée sur des grands pieds en bois
plein de cors, avec un escalier tout tortillé à la
rampe duquel s'accrochaient des loques dégoû-
tantes qui coloraient localement de leur mieux.
Un parfum de carry, d'ail et de poumpernicayle
traînait dans l'air, nuancé à partir de la cinquième
marche, de choux et de poisson très âgé. En
haut de l'escalier, un corbeau à la tête préma-
turément blanchie par le truchement d'une eau
oxygénée extra-forte, accueillait les visiteurs en
leur tendant un rat crevé qu'il tenait délicatement
par la queue. Le rat servait longtemps car les
initiés déclinaient l'offre et les autres ne venaient
pas.

Lil fit un gracieux sourire au corbeau et
tapa trois coups sur la porte avec la mailloche

de réception qui pendait à un cordon, s'il vous plaît.

« Entrez ! » dit la reniflante qui venait de monter l'escalier derrière elle.

Lil entra suivie de la spécialiste. Dans la cabane, il y avait un mètre d'eau et on circulait sur des matelas flottants pour ne pas abîmer l'encaustique, Lil, prudemment se poussa jusqu'au fauteuil de reps usagé réservé aux visiteurs, pendant que la reniflante, fiévreusement, vidait l'eau par la fenêtre avec une casserole de fer rouillé. Quand tout fut à peu près sec, elle s'assit à son tour à sa table à flairer sur laquelle reposait un inhalateur de cristal synthétique. Il y avait sous l'inhalateur un gros papillon beige, évanoui, cloué au tapis de table passé par le poids de l'inhalateur.

La reniflante souleva l'instrument et, du bout des lèvres, souffla sur le papillon. Puis, reposant son appareil à sa gauche, elle tira de son corsage un jeu de cartes qui ruisselait d'une sueur fumante.

« Je vous fais toute la lyre ? demanda-t-elle.

— Je n'ai pas beaucoup de temps, dit Lil.

— Alors, la demi-lyre et le résidu ? proposa la reniflante.

— Oui, le résidu aussi », dit Lil.

Le papillon commençait à palpiter doucement. Et il poussa un léger soupir. Le paquet de tarots répandait une odeur de ménagerie. La reniflante étala rapidement les six premières cartes sur la table. Elle sentit avec violence.

« Bougre, bougre, dit-elle. Je ne subodore pas grand-chose dans votre jeu. Crachez-y par terre, voir, et posez le pied dessus. »

Lil obéit.

« Retirez votre pied, maintenant. »

Lil retira son pied et la reniflante enflamma un petit feu de bengale. La pièce se remplit de fumée lumineuse et d'un parfum de poudre verte.

« Ça va, ça va, dit la reniflante. Maintenant on y flaire plus dégagé. Bon, je blairnifle pour vous des nouvelles de quelqu'un que vous affectionnez. Et puis de l'argent. Pas une somme considérable. Mais enfin, un peu d'argent. Evidemment, rien d'extraordinaire. En considérant les choses objectivement on pourrait presque dire que, financièrement, votre situation ne change pas. Attendez. »

Elle étala, sur les premières, six nouvelles cartes.

« Ah ! dit-elle. C'est exactement ce que je vous disais. Vous allez être obligée de débourser un petit quelque chose. Mais, par contre, la lettre, ça vous touche de très près. Peut-être votre mari. Ce qui revient à dire qu'il va vous parler, vu que, naturellement, ça serait bien ridicule que votre mari vous écrivisse une lettre. Continuons. Choisissez une carte. »

Lil prit la première venue, la cinquième en l'espèce.

« Tenez bon ! dit la reniflante. Voilà-t-y pas la confirmation exacte de tout ce que je vous annonçais ! Un grand bonheur pour une personne de votre maison. Elle va trouver ce qu'elle cherche depuis très longtemps après avoir été malade. »

Lil pensa que Wolf avait eu raison de construire la machine et qu'enfin ses efforts allaient être récompensés, mais gare à son foie.

« C'est vrai ? demanda-t-elle.

— Tout ce qu'il y a de véridique et d'officiel, dit la reniflante, les odeurs ne mentent jamais.

— Je sais bien », dit Lil.

Auquel moment le corbeau oxygéné tapa du bec sur la porte en imitant le chant du départ sauvage.

« Faut que je me grouille, dit la reniflante. Vous tenez vraiment au résidu ?

— Non, dit Lil. Il me suffit de savoir que mon mari va enfin avoir ce qu'il cherche. Combien vous dois-je, Madame ?

— Douze pélouques », dit la reniflante.

Le grand papillon beige s'agitait de plus en plus. Soudain, il s'éleva en l'air, d'un vol pesant, incertain, comme une chauve-souris plus infirme. Lil recula. Elle avait peur.

« Ce n'est rien », dit la reniflante.

Elle ouvrit son tiroir et saisit son revolver. Sans se lever, elle visa la bête de velours et tira. Il y eut un craquement sale. Le papillon, atteint en pleine tête, replia ses ailes sur son cœur et plongea, inerte. Cela fit un bruit mou sur le sol. Une poudre d'écailles soyeuses s'éleva. Lil poussa la porte et sortit. Poliment le corbeau lui dit au revoir. Une autre personne attendait. Une petite fille maigre avec des yeux noirs et inquiets, qui serrait dans sa main sale une pièce d'argent. Lil descendit l'escalier. La petite fille hésita et la suivit.

« Pardon, Madame, dit-elle. Est-ce qu'elle dit la vérité ?

— Mais non, dit Lil, elle dit l'avenir. Ce n'est pas pareil vous savez.

— Ça rend confiance ? demanda la petite fille.

— Ça rend quelquefois confiance, dit Lil.

— Le corbeau me fait peur, dit la petite fille. Ce rat crevé sent très mauvais. Je n'aime pas du tout les rats.

— Moi non plus, dit Lil. Mais c'est une reniflante pas ruineuse... Elle ne peut pas avoir des lézards crevés, comme les reniflantes de haut-vol.

— Alors j'y retourne, Madame, dit la petite fille. Merci, Madame.

— Au revoir », dit Lil.

La petite fille remonta rapidement les marches torturées. Lil se dépêchait de revenir à la maison,

et tout le long du chemin, des escarboucles fri-
sées firent un reflet lumineux sur ses jolies
jambes pendant que le jour commençait à se
garnir des traînées d'ambre et des grésillements
aigus du crépuscule.

Chapitre ix

LE sénateur Dupont allongeait le pas car Wolf
marchait vite ; et si le sénateur avait quatre pattes,
celles de Wolf étaient en nombre deux fois
inférieur, mais chacune trois fois plus longue ;
d'où la nécessité où se trouvait le sénateur de
tirer la langue de temps en temps et de faire han !
han ! pour manifester sa fatigue.

Maintenant le sol était rocailleux et couvert
d'une mousse dure pleine de petites fleurs comme
des boules de cire parfumée. Des insectes
volaient entre les tiges, éventrant les fleurs à coups
de mandibules pour boire la liqueur de l'intérieur. Le sénateur n'arrêtait pas d'avaler de cro-
quantes bestioles et sursautait chaque fois. Wolf
allait à grandes enjambées, à la main sa canne à
ploukir, et ses yeux scrutaient les alentours avec le
soin qu'ils eussent apporté à déchiffrer le Kalevala
dans le texte. Il entremêlait ce qu'il voyait de

choses déjà dans sa tête, cherchant à quel endroit la jolie figure de Lil se posait le mieux. Une ou deux fois même, il tenta d'incorporer au paysage l'effigie de Folavril, mais une honte à demi formulée lui fit éliminer ce montage. Faisant un effort, il réussit à se concentrer sur l'idée du ouapiti.

A des indices variés, tels que crottes en spirales et rubans de machine à écrire mal digérés, il reconnaissait d'ailleurs la proximité de l'animal et ordonna au sénateur, vivement ému, de garder son calme.

« On va en trouver un ? souffla Dupont.

— Naturellement, répondit Wolf tout bas. Et maintenant, pas de blagues. A plat ventre tous les deux. »

Il se colla au sol et avança au ralenti. Le sénateur grommelait « ça me racle entre les cuisses » mais Wolf lui imposa le silence. A trois mètres, il aperçut brusquement ce qu'il cherchait : une grosse pierre aux trois quarts enterrée, percée en son sommet d'un petit trou carré parfait, qui s'ouvrait dans sa direction. Il l'atteignit, saisit sa canne et cogna trois coups sur la pierre.

« Au quatrième top, il sera exactement l'heure !... » dit-il en imitant la voix du Monsieur.

Il donna le quatrième top. A la même seconde, le ouapiti affolé sortit du trou avec de grandes contorsions.

« Grâce, Monseigneur ! gémit-il. Je rendrai les diamants. Parole de gentilhomme !... Je n'ai rien fait !... Je vous l'assure... »

L'œil luisant de convoitise du sénateur Dupont le regardait en se léchant les babines si l'on ose dire. Wolf s'assit et dévisagea le ouapiti.

« Je t'ai eu, dit-il. Il n'est que cinq heures et demie. Tu vas venir avec nous.

— Zut, zut et zut, protesta le ouapiti. Ça ne va pas du tout. C'est pas du jeu.

— S'il avait été vingt heures douze, dit Wolf, et si nous nous étions trouvés là, tu étais fait de toute façon.

— Vous profitez de ce qu'un ancêtre a trahi, dit le ouapiti. C'est lâche. Vous savez bien que nous sommes d'une terrible susceptibilité horaire.

— Ce n'est pas une raison dont tu peux exciper, dit Wolf pour l'impressionner par un langage adéquat.

— Bon, je viens, dit le ouapiti. Mais gardez à distance cette brute à l'œil torve qui semble me vouloir meurtrir dans l'instant. »

Les moustaches hirsutes du sénateur se mirent à pendre.

« Mais... bredouilla-t-il. Je suis venu avec les meilleures intentions du monde...

— Que m'importe le monde ! dit le ouapiti.

— Tu feras des tartines ? demanda Wolf.

— Je suis votre prisonnier, Monsieur, dit
le ouapiti et je m'en remets à votre bon vouloir.

— Parfait, dit Wolf. Serre la main du sénateur
et arrive. »

Très ému, le sénateur Dupont tendit en reniflant sa grosse patte au ouapiti.

« Puis-je monter sur le dos de Monsieur ? »
proposa le ouapiti en désignant le sénateur.

Ce dernier acquiesça et le ouapiti, très content,
s'installa sur son dos. Wolf se remit en marche en
sens inverse. Bouleversé, ravi, le sénateur le suivait. Enfin, son idéal se matérialisait... il s'était
réalisé... Une sérénité onctueuse lui envahit
l'âme et il ne sentait plus ses pieds.

Wolf marchait tristement.

CHAPITRE X

LA machine avait l'air filiforme d'une toile
d'araignée vue de loin. Debout, Lazuli surveil-
lait le fonctionnement qui s'était poursuivi nor-
malement depuis la veille. Il inspectait les
rouages délicats du moteur. Tout près, étendue
dans l'herbe rase, Folavril rêvassait, un œillet
aux lèvres. Autour de la machine, la terre trem-

blait un peu mais ce n'était pas désagréable.

Lazuli se redressa et regarda ses mains pleines d'huile. Il ne pouvait pas s'approcher de Folavril avec ces mains-là. Il ouvrit l'armoire de tôle, prit une poignée d'étoupe et enleva le gros. Puis, il s'enduisit les doigts de savon minéral et frotta. Les grains de ponce lui faisaient rêche sur les paumes. Il se rinça dans un seau cabossé. Il restait, sous chaque ongle, une raie bleue de graisse ; à part ça, c'était propre. Il referma l'armoire et se retourna. Folavril se laissait regarder, grande déliée, ses longs cheveux jaunes en pointe sur son front, son menton rond presque volontaire et ses oreilles fines comme des nacres de lagune. Sa bouche aux lèvres épaisses, presque pareilles ; ses seins tendaient le devant de son chandail trop court qui remontait sur la hanche, découvrant de la peau dorée. Lazuli suivait la ligne émouvante de son corps. Il vint s'asseoir près d'elle et se pencha pour l'embrasser. Et puis il sursauta et se remit debout d'un coup. Il y avait un homme à côté de lui qui le regardait. Lazuli recula et s'adossa à la charpente métallique ; ses doigts serrèrent le froid du métal ; à son tour, fixement, il regarda l'homme ; le moteur lui vibrait dans les mains et lui donnait sa puissance. L'homme ne bougeait pas, se grisait, se fondait, à la fin, il parut se dissoudre dans l'air, et il n'y avait plus rien.

Lazuli s'essuya le front. Folavril n'avait rien dit, elle attendait, pas même étonnée.

« Qu'est-ce qu'il me veut ? gronda Lazuli comme pour lui tout seul. Toutes les fois que nous sommes ensemble, il est là.

— Tu as trop travaillé, dit Folavril, et tu es fatigué de la nuit dernière. Tu as dansé tout le temps.

— Pendant que tu étais partie, dit Lazuli.

— Je n'étais pas loin, dit Folavril, on parlait avec Wolf. Viens près de moi. Calme-toi. Il faut que tu te reposes.

— Je veux bien », dit Lazuli.

Il passa sa main sur son front.

« Mais c'est cet homme qui est là tout le temps.

— Je t'assure qu'il n'y a personne, dit Folavril. Pourquoi est-ce que je ne verrais jamais rien ? *

— Tu ne regardes jamais rien... dit Lazuli.

— Jamais ce qui m'ennuie », dit Folavril.

Lazuli se rapprocha d'elle et se rassit sans la toucher.

« Tu es belle, murmura-t-il, comme... comme une lanterne japonaise... allumée.

— Ne dis pas d'idioties, protesta Folavril.

— Je ne peux pas te dire que tu es belle comme le jour, dit Lazuli, ça dépend des jours. Mais une lanterne japonaise, c'est toujours joli.

— Ça m'est égal d'être laide ou belle, dit Folavril. Il faut seulement que je plaise aux gens qui
m'intéressent.

— Tu plais à tout le monde, dit Lazuli. Alors
ceux-là sont sûrement dans le lot. »

Tout près, elle avait de minuscules taches de
rousseur et, sur les tempes, des fils de verre
dorés.

« Ne pense pas à tout ça, dit Folavril, pense à
moi quand je suis là et raconte-moi des histoires.

— Quelles histoires ? demanda Lazuli.

— Oh ! pas d'histoires, alors, dit Folavril, tu
préfères me chanter des chansons ?

— Pourquoi tout ça ? dit Lazuli. Je veux te
prendre dans mes bras et avoir le goût de framboise de ton rouge.

— Oui, murmura Folavril, c'est très bien ça,
c'est mieux que les histoires... »

Folavril se laissa faire et fit aussi.

« Folavril... dit Lazuli.

— Saphir... » dit Folavril.

Et puis ils se remirent à s'embrasser. Le soir
venait. Il les vit et s'arrêta près d'eux pour ne pas
les troubler. Il irait plutôt accompagner Wolf qui
rentrait à ce moment-là. Une heure plus tard, tout
était obscur, sauf dans un rond de soleil qui restait, où il y avait les yeux clos de Folavril et les
baisers de Lazuli, à travers une vapeur qui venait
de leur corps.

CHAPITRE XI

A MOITIE conscient, Wolf tenta un dernier effort pour arrêter la sonnerie de son réveil, mais la chose, visqueuse, lui échappa et se lova dans un recoin de la table de chevet où elle continua de carillonner, haletante et rageuse, jusqu'à épuisement total. Alors le corps de Wolf se détendit dans la dépression carrée remplie de morceaux de fourrure blanche, où il reposait. Il entrouvrit les yeux et les murs de la chambre chancelèrent, s'abattirent sur le plancher, soulevant en tombant de grandes vagues de pâte molle. Et puis il y eut des membranes superposées qui ressemblaient à la mer... au milieu, sur une île immobile, Wolf s'enfonçait lentement dans le noir, parmi le bruit du vent balayant de grands espaces nus, un bruit jamais en repos. Les membranes palpitaient comme des nageoires transparentes ; du plafond invisible croulaient des nappes d'éther, s'épandant autour de sa tête. Mêlé à l'air, Wolf se sentait traversé, imprégné par ce qui l'entourait ; et il y eut soudain une odeur verte, amère, l'odeur du cœur en feu des reines-marguerites, pendant que le vent s'apaisait.

Wolf rouvrit les yeux. Tout était silencieux. Il fit un effort et se retrouva debout avec ses chaussettes. La lumière du soleil ruisselait dans la chambre. Mais Wolf restait mal à l'aise ; pour se sentir mieux, il prit un morceau de parchemin, des craies colorées et il se fit un dessin qu'il regarda ; mais la craie tomba en poussière sous ses yeux : il ne restait sur le parchemin que quelques angles opaques, quelques vides sombres, dont l'aspect général lui rappela une tête de mort depuis longtemps. Découragé, il laissa choir son dessin et s'approcha de la chaise où se trouvait, plié, son pantalon. Il chancelait comme si le sol se fût rétracté sous ses pas. L'odeur des reines-marguerites était moins précise ; il s'y mêlait maintenant un arôme sucré, le parfum du seringa en été, avec les abeilles. Un ensemble un peu écœurant. Il fallait qu'il se dépêche. C'était le jour de l'inauguration et les Municipaux allaient attendre. Rapidement, il se mit à sa toilette.

CHAPITRE XII

Il y fut tout de même quelques minutes avant eux, et il en profita pour examiner la machine. Il restait encore dans la fosse des dizaines d'élé-

ments et le moteur, vérifié soigneusement par
Lazuli, tournait rond. Rien d'autre à faire qu'à
attendre. Il attendit.

Le sol, facile, portait encore l'empreinte du
corps élégant de Folavril et l'œillet qu'elle avait
tenu dans ses lèvres était là, mousseux et dentelé,
déjà rattaché à la terre par mille liens invisibles,
des fils d'araignées blanches. Wolf se pencha pour
le cueillir et le goût de l'œillet le frappa et l'étour-
dit. Il le manqua. L'œillet s'éteignit et sa couleur
se confondit avec celle du sol. Wolf sourit. S'il le
laissait là, les municipaux l'écraseraient. Sa main
courut au ras du sol et rencontra la tige maigre.
Se sentant pris, l'œillet retrouva sa couleur natu-
relle. Wolf, délicatement, rompit une des bosses
noueuses et le mit à son col. Il le respirait sans
pencher la tête.

Derrière le mur du Carré, il y eut un vague
bruit de musique, des éclats de biniou cuivré et
de gros chocs sourds de caisse à peaux ; puis un
pan de briques s'abattit sous la pression du
défonce-murs municipal, piloté par un huissier
barbu en habit noir et chaîne d'or. Par la brèche,
entrèrent les premiers représentants de la foule,
qui s'alignèrent, avec respect, des deux côtés. La
musique parut, bouffante et résonnante, Touff,
Touff et Tzinn. Les choristes allaient glapir dès
qu'ils seraient à portée de voix. Un tambour-
major peint en vert marchait le premier, agitant

une canepetière dont il visait le soleil sans espoir.
Il fit un grand signe, suivi d'un double saut
périlleux, et les choristes attaquèrent l'hymne :

C'est Monsieur le Maire,
Touff, Touff et Tzinn !
De cette belle ville,
Touff, Touff et Tzinn !
Qu'est venu vous voir
Touff, Touff et Tzinn !
Pour vous demander,
Touff, Touff et Tzinn !
Si vous vous proposez
Touff, Touff et Tzinn !
De bientôt lui payer
Touff, Touff et Tzinn !
Tous vos vieux impôts.
Touff et Touff, Tzinn et Tzinn et Ticoticoto.

Le ticoticoto fut produit par le choc des pièces
métalliques taillées en forme de coco contre un
titito qui venait les cogner par fragments. Le tout
formait une très vieille marche qu'on employait
un peu à tort et à travers, car personne ne payait
plus ses impôts depuis longtemps ; mais on ne
pouvait empêcher la fanfare de jouer le seul air
qu'elle connût.

Le Maire parut derrière la musique, tenant son
cornet acoustique dans lequel il s'efforçait d'en-

foncer une chaussette pour ne pas entendre ce vacarme affreux. Sa femme, une très grosse personne, toute rouge et toute nue, se montra ensuite sur un char, avec un panneau réclame pour le principal marchand de fromages de la ville, qui savait des histoires sur le compte de la municipalité et les obligeait à passer par tous ses caprices.

Elle avait de gros seins qui lui claquaient sur l'estomac à cause de la mauvaise suspension de la voiture et aussi parce que le fils du marchand de fromages mettait des pavés sous les roues.

Derrière le char du marchand de fromages, venait celui du quincaillier qui ne disposait pas des appuis politiques de son rival et devait se contenter d'une grande litière de parade dans laquelle la rosière se faisait mettre à mal par un gros singe. La location du singe coûtait très cher et ne donnait pas de si bons résultats que ça, car la rosière s'était évanouie depuis dix minutes et ne criait plus ; tandis que la femme du Maire, elle, était en train de devenir violette, et tout de même avait beaucoup de poils très mal peignés.

Le char du marchand de bébés venait ensuite, propulsé par une batterie de tétines à réaction ; un chœur de bébés scandait une vieille chanson à boire.

Le cortège s'arrêtait là, car les cortèges n'amusent personne ; et le quatrième char où s'étaient installés les vendeurs de cercueils, venait de

tomber en panne, peu avant, parce que le
conducteur était mort sans se confesser.

Wolf, à moitié assourdi par la fanfare, vit les
officiels s'avancer à sa rencontre, encadrés par
les hommes de la garde, armés de gros fusils
sournois. Il les accueillit comme il devait et des
spécialistes, pendant ce temps-là, dressèrent en
quelques minutes une petite estrade de bois avec
des gradins, où prirent place le Maire et les sous-
maires, tandis que la Mairesse continuait à se
démener sur son char. Le marchand de fromages
allait occuper sa place officielle.

Il y eut un grand roulement de tambours à la
suite duquel le fifre devint fou et partit en l'air
comme une fusée en se tenant les oreilles à deux
mains ; tous les yeux suivirent sa trajectoire et
chacun rentra le cou dans les épaules quand il
retomba, la tête la première, avec un bruit de
limace qui se suicide. Après quoi on respira et le
Maire se leva.

La fanfare s'était tue. Une épaisse poussière
montait dans l'air bleu par la fumée des cigarettes de drogue dominicale et cela sentait la
foule, avec tous les pieds que le terme implique.
Quelques parents attendris par les supplications
de leurs enfants, les avaient pris sur leurs épaules,
mais ils les maintenaient cul par-dessus tête afin
de ne point trop les encourager au penchant de
badauderie.

Le Maire toussota dans son cornet acoustique et prit la parole par le cou pour l'étrangler mais elle tint bon.

« Messieurs, dit-il, et chers coadjupiles. Je ne reviendrai pas sur la solennité de ce jour, pas plus pur que le fond de mon cœur, puisque vous savez comme moi que, pour la première fois depuis l'avènement au pouvoir d'une démocratie stable et indépendante, des combinaisons politiques louches et de la basse démagogie qui ont entaché de suspicion les décades passées, heu, bougre, c'est-y dur à lire, c'te putain d'papier, l'texte est tout effacé. J'ajoute que si je vous disais tout ce que je sais, et notamment à propos de cet autre animal de menteur qui s'prétend marchand de fromages... »

La foule applaudit bruyamment et le marchand se leva à son tour. Il commença à lire la minute d'un pot de vin généreux accordé au Conseil municipal sur la recommandation du plus grand trafiquant d'esclaves de la ville. La fanfare attaqua pour couvrir sa voix et la femme du Maire, voulant sauver son mari par une diversion, redoubla d'activité. Wolf souriait d'un sourire vague. Il n'écoutait pas un mot. Il était ailleurs.

« C'est avec une joie hargneuse, continua le Maire, que nous sommes fiers de saluer aujourd'hui la remarquable solution imaginée par notre grand coadjupile ici présent, Wolf, pour éliminer

totalement les difficultés résultant d'une surpro-
duction de métal à faire les machines. Et comme
je ne peux pas vous en dire plus long car, per-
sonnellement, selon l'usage, je ne sais absolument
point de quoi c'est que c'est qu'il s'agit, rapport
que je suis un officiel, je passe la parole à la
fanfare qui va exécuter un morceau de son réper-
toire. »

En souplesse, le tambour-major réalisa un
coup de pied à la lune, avec demi-tonneau arrière
et, à la seconde précise où il toucha le sol, le tuba
lâcha une grosse note d'ouverture qui se mit à
voltiger gracieusement. Et puis les musiciens se
faufilèrent dans les intervalles et on reconnut l'air
de tradition. Comme la foule s'approchait trop,
les hommes de la garde firent une décharge générale qui en découragea la majeure partie, cependant que les corps des autres s'éparpillaient en
lambeaux.

En quelques secondes, le Carré se vida. Il restait Wolf, le cadavre du fifre, quelques papiers
gras, un petit morceau de l'estrade. Les dos des
hommes de la garde s'éloignaient en rangs, au
pas, et disparurent.

Wolf soupira. La fête était finie. Derrière le
mur du Carré, là-bas, on devinait encore la rumeur de la fanfare qui s'éloignait par saccades,
avec des résurgences. Le moteur accompagnait la
musique de son ronron intarissable.

Il vit au loin Lazuli qui venait le retrouver. Fo-lavril l'accompagnait. Elle le quitta avant qu'il ne rejoigne Wolf. Elle penchait la tête en marchant et, dans sa robe à dessins jaunes et noirs, elle avait l'air d'une salamandre blonde.

CHAPITRE XIII

ET maintenant, Wolf et Lazuli se retrouvaient seuls comme le soir où le moteur s'était mis en marche. Wolf portait des gants de cuir rouge et des bottes de cuir doublées de peau de bêlant. Il avait revêtu une combinaison matelassée et un serre-tête qui lui dégageait le haut du visage. Il était prêt. Lazuli le regardait un peu pâle. Wolf avait les yeux baissés.

« Tout est au point ? dit-il sans lever la tête.

— Tout, dit Lazuli. Le coffre est vide. Les éléments remis en place.

— C'est l'heure ? demanda Wolf.

— Dans cinq ou six minutes, dit Lazuli. Vous vous tiendrez, hein ? »

Son ton un peu bourru toucha Wolf.

« N'aie pas peur, dit-il. Je me tiendrai.

— Vous avez de l'espoir ? demanda Lazuli.

— Le plus grand depuis longtemps, dit Wolf.

Mais je n'y crois guère. Ça va encore faire comme les autres fois.

— Qu'est-ce qui s'est passé les autres fois ? dit Lazuli.

— Rien, répondit Wolf. Quand c'était fini, il n'en restait rien. Que la déception. Enfin... on ne peut pas rester tout le temps au ras du sol. »

Lazuli déglutit péniblement.

« Tout le monde a de petits problèmes », dit-il.

Et il revit en pensée l'homme qui le regardait embrasser Folavril.

« Sûr », dit Wolf.

Il releva les yeux.

« Cette fois, dit-il, je vais en sortir. De là-dedans, ça ne peut pas être pareil.

— C'est un peu risqué quand même, murmura Lazuli. Faites très attention, les vents doivent être mauvais.

— Ça ira », dit Wolf.

Et, sans logique, il ajouta :

« Tu aimes Folavril, elle t'aime aussi. Rien ne peut vous en empêcher.

— Presque rien... répondit Lazuli comme un faux écho.

— Alors ? » dit Wolf.

Il aurait voulu une passion. D'abord voir, ça lui éclaircirait les idées. Il ouvrit la porte de la cabine, mit un pied à l'intérieur et ses mains gantées se crispèrent sur les barres. Dans ses doigts, il sentait la vibration du moteur. Il se faisait l'effet d'une araignée dans une toile pas pour elle.

« C'est l'heure », dit Lazuli.

Wolf fit un signe de tête et, mécaniquement, il prit la position. La porte d'acier gris claqua sur lui. Dans la cage, le vent se mit à souffler. Doucement d'abord, puis il se raffermit comme une huile que l'on durcit au froid. Il changeait de direction sans prévenir et, lorsque l'air le frappait de face, Wolf devait s'accrocher de tout son poids à la paroi et il sentait sur sa figure le froid de l'acier terne. Pour ne pas s'épuiser, il respirait à une cadence lente. Son sang battait régulièrement dans ses canaux.

Wolf n'avait pas encore osé regarder au-dessous de lui. Il attendait d'être assez aguerri et s'astreignait à garder ses yeux fermés, chaque fois que la fatigue le contraignait à baisser la tête. De ses hanches, partaient deux lanières de cuir suiffé terminées par des crochets de fer qu'il fixait à deux anneaux proches pour reposer ses mains.

Il haletait péniblement et ses genoux commençaient à lui faire mal. L'air s'allégeait, le pouls de Wolf s'accélérait et il sentait une sorte de manque à remplir au fond de ses poumons.

Le long du montant de droite, il aperçut soudain une traînée sombre, luisante, comme une coulée de grès fondu aux parois bombées d'une cruche de poterie. Il s'arrêta, accrochá ses lanières et tâta du doigt avec prudence. C'était poisseux. En élevant la main, il constata, à contre-jour, qu'une goutte rouge foncé restait suspendue à l'extrémité de son index. Elle se massa, s'allongea en poire et, d'un coup, se détacha de son doigt en filant comme de l'huile. C'était désagréable sans raison. Surmontant sa gêne, il s'apprêta à tenir une minute de plus avant que la fatigue de ses jambes tremblantes ne lui impose de s'arrêter tout à fait.

Pesamment, avec effort, il atteignit l'extrémité du délai et accrocha ses deux lanières. Cette fois, il se laissa aller à fond, tout mou au bout de ses rubans de cuir. Il sentait son poids lui écraser la taille. Dans l'angle de la cage, sous son nez, le liquide rouge ruisselait toujours, paresseux et lent, traçant un chemin sinueux sur l'acier. Seul, parfois, un épaississement local indiquait son mouvement ; à part, çà et là, un reflet, une ombre, on eût dit une ligne immobile.

Wolf attendit. Les mouvements désordonnés de son cœur s'apaisèrent. Ses muscles commençaient à s'habituer à la cadence accélérée de sa respiration. Il était seul dans la cage et, faute d'un repère, ne percevait plus son mouvement.

Il compta encore une centaine de secondes. Malgré les gants ses doigts perçurent le contact craquant du givre qui se formait. Maintenant, il faisait très clair. Il avait du mal à regarder, ses

yeux pleuraient. Lâchant une main, il assujettit de
l'autre ses lunettes de protection, relevées jusqu'ici
sur le serre-tête. Ses paupières cessèrent de cli-
gnoter et de lui faire mal. Tout était devenu aussi
net que dans un aquarium.

Timidement, il lança un regard vers ses pieds.
La fuite vertigineuse du sol apparent lui coupa
le souffle. Il était au centre d'un fuseau dont une
pointe se perdait dans le ciel et dont l'autre jail-
lissait de la fosse.

A tâtons, les yeux fermés pour ne pas vomir,
il défit ses crochets et tourna pour s'adosser à la
paroi. Il se rattacha dans sa nouvelle position et,
les talons écartés, se décida à relever ses paupières. Il serrait ses poings comme des cailloux.

Il tombait des régions supérieures, de vagues
traînées de poussières brillantes, insaisissables, et
le ciel fictif palpitait à l'infini, troué de lueurs.
La figure de Wolf était moite et glacée.

Ses jambes tremblaient maintenant et ce n'était
pas la vibration du moteur qui les faisait trembler. Peu à peu, méthodiquement, il parvint cependant à se contrôler.

A ce moment, il s'aperçut qu'il se rappelait. Il
ne lutta pas contre les souvenirs et se maîtrisa plus
profondément, baigné dans le passé. Le givre craquant carapaçonnait ses vêtements de cuir d'une
croûte brillante, cassée aux poignets et aux genoux.

Les lambeaux du temps jadis se pressaient

autour de lui, tantôt doux comme des souris grises, furtifs et mobiles, tantôt fulgurants pleins de vie et de soleil — d'autres coulaient tendres et lents fluides sans mollesse et légers, pareils à la mousse des vagues.

Certains avaient la précision, la fixité des fausses images de l'enfance formées après coup par des photographies ou les conversations de ceux qui se souviennent, impossibles à ressentir à nouveau, car leur substance s'est évanouie depuis longtemps.

Et d'autres revivaient, tout neufs, comme il les rappelait à lui, ceux des jardins, de l'herbe et de l'air, dont les mille nuances de vert et de jaune se fondent dans l'émeraude de la pelouse, foncé au noir dans l'ombre fraîche des arbres.

Wolf tremblait dans l'air blême et se souvenait. Sa vie s'éclairait devant lui aux pulsations ondoyantes de sa mémoire.

A sa droite et à sa gauche, la coulée lourde empoissait les montants de la cage.

CHAPITRE XIV

ET d'abord ils accoururent en hordes inorganisées comme un grand incendie d'odeurs, de lumière et de murmures.

Il y avait les porte-boules, dont on fait sécher les fruits rugueux pour obtenir le poil rêche à jeter dans le cou. Il y a des gens qui les nomment platanes. Ce mot ne change rien à leurs propriétés.

Il y avait les feuilles tropicales barbelées de longs crochets cornés et bruns pareils à ceux d'insectes combattants.

Il y avait les cheveux courts de la petite fille, en neuvième, et le tablier bis du garçon dont Wolf était jaloux.

Les grands pots rouges des deux côtés du perron, transformés en Indiens sauvages par la nuit qui venait, et l'incertitude de l'orthographe.

La chasse aux vers de terre avec un long manche à balai tournant.

Cette chambre immense dont on entrevoyait la voûte sphérique par-delà le coin d'un édredon bombé comme le ventre énorme du géant qui mangeait les moutons.

La mélancolie des marrons luisants que l'on revoyait tomber tous les ans, marrons d'Inde cachés parmi les feuilles jaunes, avec leur bogue molle aux piquants pas sérieux fendue en deux ou trois, et qui servaient aux jeux, taillés en masques, pareils à de petits gnomes, enfilés en colliers à trois ou quatre rangs, marrons pourris crevant en un jus écœurant, marrons lancés dans les carreaux.

Cela, c'était l'année, au retour des vacances, où les souris avaient, dans le tiroir d'en bas, rongé sans hésiter les bougies miniatures qui garnissaient hier l'épicerie modèle — et l'on éprouve encore la joie de constater, en ouvrant le tiroir voisin, qu'elles avaient laissé intact le paquet de petites pâtes avec lesquelles, sur son assiette, on s'amuse à écrire son nom le soir en mangeant du bouillon.

Où étaient les souvenirs purs ? En presque tous se fondent les impressions d'autres époques qui s'y superposent et leur donnent une réalité différente. Il n'y a pas de souvenirs, c'est une autre vie revécue avec une autre personnalité qui résulte pour partie de ces souvenirs eux-mêmes. On n'inverse pas le sens du temps à moins de vivre les yeux fermés, les oreilles sourdes.

Dans le silence, Wolf ferma les yeux. Il plongeait toujours plus avant, et devant lui se déroulait la carte sonore à quatre dimensions de son passé fictif.

Il était sans doute allé assez vite, car à ce moment-là il vit disparaître la paroi de la cage qui lui faisait face.

Détachant les crochets qui le retenaient encore, il prit pied de l'autre côté.

CHAPITRE XV

Il faisait un léger soleil d'automne qui brillait entre les frondaisons jaunes des marronniers.

Devant Wolf, une allée allait en pente douce. Le sol était, au milieu, sec et un peu poudreux, plus foncé sur le bord, où restaient quelques auréoles de boue fine, dépôts laissés par les flaques d'une averse récente.

Entre les feuilles craquantes luisaient les dos acajou de marrons d'Inde, enveloppés parfois dans leurs bogues aux teintes incertaines, du beige rouillé au vert amande.

De part et d'autre de l'allée, des pelouses négligées offraient leur surface irrégulière à la caresse du soleil. L'herbe jaunie se hérissait de chardons sporadiques et de plantes vivaces montées en graines.

L'allée paraissait aboutir à quelques ruines cernées d'un roncier pas très haut. Sur un banc de pierre blanche, devant les ruines, Wolf distingua la silhouette assise d'un vieil homme vêtu de lin. Lorsqu'il fut plus près, il constata que ce qu'il prenait pour un vêtement, c'était en réalité une barbe, une vaste barbe argentée qui faisait cinq à six fois le tour du corps de l'homme.

A côté de lui, sur le banc, il y avait une petite plaque de cuivre bien astiquée qui portait au centre, en noir et en creux un nom : Monsieur Perle.

Wolf s'approcha de lui. De plus près, il vit que la figure du vieux était ridée comme un ballon rouge à moitié dégonflé. Il avait un gros nez taraudé de narines considérables d'où s'échappait un poil bourru, des sourcils en saillie au-dessus de deux yeux pétillants et des pommettes luisantes comme des petites pommes ou pommettes. Ses cheveux blancs coupés en brosse évoquaient une carde à coton. Ses mains déformées par l'âge, aux gros ongles carrés, reposaient sur ses genoux. Il avait pour tout costume un caleçon de bain antique rayé vert et blanc et des sandales trop vastes pour ses pieds cornés.

« Je m'appelle Wolf », dit Wolf.

Il désigna la plaquette de cuivre gravé :

« C'est votre nom ? »

Le vieux acquiesça.

« C'est moi monsieur Perle, dit-il. Parfaitement. Léon-Abel Perle. Ainsi, monsieur Wolf, c'est votre tour. Voyons, voyons, de quoi pourriez-vous me parler ?

— Je ne sais pas », dit Wolf.

Le vieux eut l'air étonné et un peu condescendant de celui dont la question s'adresse à lui-même et n'attend pas le moindre rebond extérieur.

« Naturellement, naturellement, vous ne savez
pas », dit-il.

Marmottant dans sa barbe, il tira soudain d'on
ne sait où une liasse de fiches qu'il consulta.

« Voyons... voyons..., dit-il. Monsieur Wolf...
oui... né le... à... très bien, bon... ingénieur...
oui... oui, très bien tout ça. Allons, monsieur
Wolf, pouvez-vous me parler dans le détail de vos
premières manifestations de non-conformisme ? »

Wolf trouvait le vieux monsieur un peu
bizarre.

« Qu'est-ce... en quoi est-ce que ça peut vous
intéresser ? » demanda-t-il enfin.

Le vieux fit ttt... ttt... avec sa langue sur ses
dents.

« Allons, allons, dit-il, je suppose qu'on vous
a appris à répondre autrement ? »

Il employait le ton qui se met à la portée d'un
interlocuteur fortement nuancé d'infériorité.

Wolf haussa les épaules.

« Je ne vois pas en quoi ça peut vous intéresser, répondit-il. D'autant que je n'ai jamais
protesté. J'ai triomphé si je croyais pouvoir le
faire, et dans le cas contraire, j'ai toujours ignoré
les choses dont je savais qu'elles me résisteraient.

— Vous ne les ignoriez donc pas au point de
ne pas savoir au moins ça, dit le vieux. Vous les
connaissiez assez pour faire semblant de les igno-
rer. Allons, tâchez de répondre honnêtement et

de ne pas vous perdre dans les généralités. Et n'y
avait-il, au fait que des choses pour vous résister ?

— Monsieur, dit Wolf, je ne sais ni qui vous
êtes ni de quel droit vous me posez ces questions.
Comme dans une certaine mesure je m'efforce
d'être déférent avec les hommes âgés, je veux bien
vous répondre en deux mots. Voici, j'ai toujours
prétendu pouvoir me mettre objectivement, dans
la situation de tout ce qui me fut antagoniste ;
et de ce fait, je n'ai jamais pu lutter contre ce
qui s'opposait à moi, car je comprenais que la
conception correspondante ne pouvait qu'équili-
brer la mienne pour qui n'avait aucune raison
subjective d'en préférer l'une ou l'autre. C'est
tout.

— C'est un peu gros, dit le vieux. Selon mes
fiches, il vous est pourtant arrivé d'avoir des rai-
sons subjectives, comme vous dites, et de choisir.
Heu... tenez... je vois là une circonstance...

— J'ai joué à pile ou face, dit Wolf.

— Oh ! dit le vieux, dégoûté. Vous êtes écœurant. Enfin, voulez-vous me dire pourquoi vous
êtes venu ici ? »

Wolf regarda à droite et à gauche, renifla et
se décida :

« Pour faire le point.

— Eh bien, dit M. Perle, c'est exactement
ce que je vous propose et vous me mettez des
bâtons dans les roues.

— Vous êtes trop désordonné, dit Wolf. Je ne peux pas tout raconter en vrac à n'importe qui. Vous n'avez ni plan ni méthode. Voilà dix minutes que vous m'interrogez et vous n'avez pas avancé d'un pouce. Je veux des questions précises. »

M. Perle caressa sa grande barbe, agita le menton de haut en bas et un peu en biais et regarda Wolf d'un air sévère.

« Ah ! dit-il, je vois qu'avec vous, ça n'ira pas tout seul. Ainsi vous vous imaginez que je vous interrogeais au hasard, et sans plan préalable.

— C'est visible, dit Wolf.

— Vous savez ce que c'est qu'une meule, dit M. Perle. Vous savez comment c'est fait ?

— Je n'ai pas spécialement étudié les meules, dit Wolf.

— Dans une meule, dit M. Perle, il y a les grains d'abrasif, qui travaillent et le liant qui les maintient en place et doit s'user plus vite qu'eux de façon à les libérer. Certes, ce sont les cristaux qui agissent : mais le liant n'en est pas moins indispensable ; sans lui, rien n'existerait qu'un ensemble de pièces non dénuées d'éclat et de dureté, mais désorganisées et inutiles, comme un recueil de maximes.

— Oui, dit Wolf, et alors ?

— Alors, dit M. Perle, j'ai un plan, parfaitement, et je vais vous poser des questions très précises, dures et acérées ; mais la sauce dont vous envelopperez les faits est pour moi aussi nécessaire que les faits eux-mêmes.

— Vu, dit Wolf. Parlez-moi un peu de ce plan. »

Chapitre XVI

Le plan, dit M. Perle, est évident. Nous avons à la base deux facteurs déterminants : vous êtes occidental et catholique. Il s'ensuit que nous devons adopter, chronologiquement l'ordre que voici :

1° Rapports avec votre famille ;

2° Travail d'écolier et études postérieures ;

3° Premières expériences en matière de religion ;

4° Puberté, vie sexuelle d'adolescent, mariage éventuel ;

5° Activité en tant que cellule d'un corps social ;

6° S'il y a lieu, inquiétudes métaphysiques ultérieures, nées d'une prise de contact plus étroit avec le monde, et qui peuvent se relier au 2° au cas où, contrairement à la moyenne des hommes de votre espèce, vous n'auriez pas coupé tout contact avec la religion dans les années qui ont suivi votre première communion.

Wolf réfléchit, pesa, balança et dit :

« C'est un plan possible. Naturellement...

— Certes, coupa M. Perle. On pourrait se placer d'un tout autre point de vue que le chronologique, et même intervertir l'ordre de certains numéros. En ce qui me concerne, je suis chargé de vous poser des questions sur le premier point et sur celui-là seulement. Rapports avec votre famille.

— C'est une question connue, dit Wolf. Tous les parents se valent. »

M. Perle se leva et se mit à marcher de long en large. Le fond de son vieux caleçon de bain pendait sur ses cuisses maigres comme une voile de calme plat.

« Pour la dernière fois, dit-il, je vous demande de ne pas faire l'enfant. Maintenant, c'est sérieux. Tous les parents se valent ! Vraiment ! Ainsi, parce que vous n'avez pas été gêné par les vôtres, vous n'en tenez aucun compte.

— Les miens étaient bons, d'accord, dit Wolf, mais avec des mauvais, on réagit plus violemment, et c'est plus profitable en fin de compte.

— Non, dit M. Perle. On dépense plus d'énergie, mais finalement, comme on est parti de plus bas, on arrive au même point ; c'est du gâchis.

Evidemment, quand on a vaincu plus d'obstacles, on est tenté de croire qu'on a été plus
loin. C'est faux. Lutter n'est pas avancer.

— Tout ça, c'est le passé, dit Wolf. Je peux
m'asseoir ?

— Allons, dit M. Perle, je vois que vous avez
envie d'être insolent avec moi. En tout cas, si
c'est mon maillot qui vous fait rire, pensez que
je pourrais ne pas en avoir du tout. »

Wolf se rembrunit.

« Je ne ris pas, dit-il, prudent.

— Vous pouvez vous asseoir, compléta
M. Perle.

— Merci », dit Wolf.

Malgré lui, il se laissait influencer par le ton
sérieux de M. Perle. Devant les yeux, il vit la
figure bonasse du vieux se détacher sur les feuilles
oxydées par l'automne comme de minces scories
cupriques. Un marron tomba et les troua avec
un bruit d'oiseau qui s'envole. La bogue et le
fruit atterrirent dans un claquement doux.

Wolf rassemblait ses souvenirs. Il s'apercevait
maintenant que M. Perle avait eu raison de ne
pas s'occuper outre mesure de son plan. Les
images revenaient en vrac, au hasard, comme des
numéros que l'on tire d'un sac. Il le lui dit. .

« Tout va être mélangé !

— Je me débrouillerai, dit M. Perle. Allez,
dites tout. L'abrasif et le liant. Et n'oubliez

pas que le liant donne sa forme à l'abrasif. »

Wolf s'assit et mit sa figure dans ses mains. Il commença à parler d'une voix neutre, sans nuance, indifférente.

« C'était une grande maison, dit-il. Une maison blanche. Je ne me rappelle pas bien le début, je revois la figure des domestiques. Le matin, j'allais souvent dans le lit de mes parents, et devant moi, de temps à autre, mon père et ma mère s'embrassaient sur la bouche et cela m'était bien désagréable.

— Comment étaient-ils avec vous ? demanda M. Perle.

— Jamais ils ne m'ont battu, dit Wolf. On ne pouvait pas les fâcher. Il fallait le faire exprès. Il fallait tricher. Toutes les fois que j'avais envie d'être en colère, il fallait que je fasse semblant et je prenais chaque fois des motifs si futiles et si vains que je ne parviens pas à en trouver un. »

Il reprit haleine. M. Perle ne disait rien et son vieux visage était plissé par l'attention.

« Ils avaient toujours peur pour moi, dit Wolf. Je ne pouvais pas me pencher aux fenêtres, je ne traversais pas la rue tout seul, il suffisait qu'il y ait un peu de vent pour qu'on me mette ma peau de bique et hiver comme été, je ne quittais pas mon gilet en laine ; c'étaient des tricots jaunâtres et distendus qu'on nous faisait avec de la laine de pays. Ma santé, c'était

effrayant. Jusqu'à quinze ans je n'ai pas eu le
droit de boire autre chose que de l'eau bouillie.
Mais la lâcheté de mes parents, c'est qu'eux-
mêmes ne se ménageaient pas et se donnaient tort
dans leur conduite à mon égard par leur compor-
tement envers eux-mêmes. A force, je finissais
par avoir peur moi-même, par me dire que j'étais
très fragile, et j'étais presque content de me promener, en hiver, en transpirant dans douze
cache-nez de laine. Pendant toute mon enfance,
mon père et ma mère ont pris sur eux de m'épar-
gner tout ce qui pouvait me heurter. Moralement,
je ressentais une gêne vague, mais ma chair molle
s'en réjouissait hypocritement. »

Il ricana.

« Un jour que j'avais rencontré des jeunes
gens qui, dans la rue, se promenaient, leur imper-
méable sur le bras tandis que je suais dans un
gros paletot d'hiver, j'ai eu honte. En me regar-
dant dans la glace, j'ai vu un balourd engoncé,
ficelé et chapeauté comme une larve de hanneton.
Deux jours plus tard, comme il pleuvait, j'ai
retiré ma veste et je suis sorti. Je prenais mon
temps pour que ma mère ait le loisir d'essayer
de me retenir. Mais j'avais dit « Je vais sortir »
et j'ai dû le faire. Et malgré cette peur de
m'enrhumer qui me gâchait la joie d'avoir vaincu
ma honte, je suis sorti parce que j'avais honte
d'avoir peur de m'enrhumer. »

M. Perle toussota.

« Hum, hum, dit-il. C'est très bien, tout ça.

— C'est ça que vous me demandiez ? dit Wolf reprenant brutalement conscience.

— C'est presque ça, dit M. Perle. Vous voyez, c'est bien facile, quand on commence. Qu'est-il advenu après votre sortie ?

— Ç'a été une scène terrible, dit Wolf. Toutes proportions gardées. »

Il réfléchit, les yeux en l'air.

« Il y a plusieurs choses distinctes, dit-il. Mon désir de vaincre ma mollesse et mon sentiment que j'étais redevable de cette mollesse à mes parents, et la tendance de mon corps à se laisser aller à cette mollesse. C'est drôle, vous voyez, ça a commencé par la vanité, ma lutte contre l'ordre établi. Si je ne m'étais pas trouvé ridicule dans cette glace... C'est le grotesque de mon aspect physique qui m'a ouvert les yeux. Et le grotesque apparent de certaines réjouissances familiales a achevé de m'écœurer. Vous savez, les pique-niques où l'on apporte son herbe pour pouvoir rester assis sur la route afin d'éviter la vermine. Dans un désert, j'aurais aimé ça... la salade russe, les casse-escargots, les tringles à macaronis... mais que quelqu'un passe, et toutes ces formes humiliantes de la civilisation familiale, les four-chettes, les timbales en aluminium, tout ça me montait à la tête — je voyais rouge — alors je

lâchais mon assiette et je m'écartais pour avoir
l'air d'être ailleurs — ou je m'installais au volant
de l'auto vide, qui me rendait une virilité mécanique. Et pendant ce temps, mon moi mou me
soufflait à l'oreille... « Pourvu qu'il reste de la
salade russe et du jambon »... alors j'avais honte
de moi, honte de mes parents, et je les haïssais.

— Mais vous les aimiez beaucoup ! dit
M. Perle.

— Certes, dit Wolf. Et cependant la vue d'un
cabas à la poignée cassée dont dépassent le ther-
mos et le pain, suffit encore aujourd'hui à me
lever le cœur et me donne envie de tuer.

— Cela vous gênait vis-à-vis des observateurs
possibles, dit M. Perle.

— Dès ce moment, dit Wolf, ma vie extérieure
a été dirigée en fonction de ces observateurs.
C'est ce qui m'a sauvé.

— Vous considérez que vous êtes sauvé ? dit
M. Perle. Pour nous résumer, dans une première phase de votre existence, vous leur repro-
chez d'avoir encouragé chez vous une tendance
à la pusillanimité que vous étiez, par veulerie
physique, enclin à satisfaire, et, moralement,
écœuré de subir. Ce qui vous a conduit à tenter de donner à votre vie un lustre qui lui man-
quait, et de là, à tenir, plus qu'il ne fallait, compte
de l'attitude d'autrui à votre égard. Comme
vous étiez dans une situation dominée par des

impératifs contradictoires, il y avait forcément
déception.

— Et le sentiment, dit Wolf. J'étais noyé dans
le sentiment. On m'aimait trop ; et comme je ne
m'aimais pas, je concluais logiquement à la stu-
pidité de ceux qui m'aimaient... à leur malignité
même — et peu à peu, je me suis construit un
monde à ma mesure... sans cache-nez, sans
parents. — Vide et lumineux comme un paysage
boréal et j'y errais, infatigable et dur, le nez
droit et l'œil aigu... sans jamais cligner les paupières. Je m'y entraînais, des heures, derrière une
porte et il me venait des larmes douloureuses
que je n'hésitais pas à répandre sur l'autel de
l'héroïsme ; inflexible, dominateur, méprisant,
je vivais intensément... »

Il rit gaiement.

« Sans me rendre compte un instant, acheva-
t-il, que je n'étais qu'un petit garçon assez gras
et que le pli méprisant de ma bouche, encadré
par mes joues rondes, me donnait tout juste l'air
de retenir une envie de faire pipi.

— Allons, dit M. Perle, les rêves d'héroïsme
sont fréquents chez les jeunes enfants. Tout cela
d'ailleurs me suffit à vous noter.

— C'est drôle... dit Wolf. Cette réaction contre
la tendresse, ce souci du jugement d'autrui, c'était
un pas vers la solitude. Parce que j'ai eu peur,
parce que j'ai eu honte, parce que j'ai été déçu,

j'ai voulu jouer les héros indifférents. Quoi de plus seul qu'un héros ?

— Quoi de plus seul qu'un mort ? » dit M. Perle d'un air détaché.

Peut-être que Wolf n'entendit pas. Il ne dit rien.

« Allons, conclut M. Perle, je vous remercie, c'est par là. »

Du doigt, il désigna le tournant de l'allée.

« Au revoir ? dit Wolf.

— Je ne pense pas, dit M. Perle. Bonne chance.

— Merci », dit Wolf.

Il vit M. Perle s'enrouler dans sa barbe et s'étendre confortablement sur son banc de pierre blanche. Puis il se dirigea vers le tournant de l'allée. Les questions de M. Perle avaient fait surgir en lui mille visages, mille jours, qui dansaient dans sa tête comme les feux d'un kaléidoscope dément.

Et puis il y eut, d'un coup, le noir.

CHAPITRE XVII

LAZULI grelottait. Le soir était venu d'un coup, compact et venteux, et le ciel en profitait pour se rapprocher du sol qu'il couvait de sa menace flasque. Wolf n'était pas redescendu et Lazuli se

demandait s'il ne fallait pas aller le rechercher.
Wolf se vexerait peut-être. Il s'approcha du moteur pour lui prendre un peu de chaleur, mais
le moteur chauffait à peine.

Depuis quelques heures, les murs du Carré
s'étaient fondus dans la masse cotonneuse de
l'ombre, et l'on voyait cligner, pas très loin, les
yeux rouges de la maison. Wolf devait avoir pré-
venu Lil qu'il rentrerait tard et malgré cela, Lazuli
s'attendait à chaque instant à voir s'approcher
une petite lanterne tempête.

Aussi, comme il n'y était pas préparé, il se laissa
surprendre par l'arrivée de Folavril, seule dans le
noir. Il la reconnut tout près de lui, et il eut chaud
aux mains. Aimable et un peu liane, elle se laissa
embrasser. Il caressa son cou gracieux, la serra
sur son corps et murmura, les yeux mi-clos, des
mots de litanie ; mais elle le sentit soudain se
contracter, se pétrifier.

Fasciné, Lazuli voyait auprès de lui un homme
au teint pâle, vêtu de sombre et qui les regardait.
Sa bouche faisait une barre noire sur sa figure,
et ses yeux venaient de loin. Lazuli haletait. Il
ne supportait pas que l'on écoute ce qu'il disait
à Folavril. Il s'écarta d'elle et ses jointures blan-
chirent.

« Qu'est-ce que vous voulez ? » dit-il.

Sans le voir, il sentit l'étonnement de la fille
blonde, et une fraction de temps, détourna la tête.

Surprise, avec un demi-sourire de surprise.
Pas encore inquiète. Le temps qu'il regarde
l'homme... il n'y avait plus personne. Lazuli se
mit à grelotter, le froid de la vie lui gelait le cœur.
Il restait près de Folavril, accablé, vieux. Ils ne
disaient rien. Le sourire avait disparu des lèvres
de Folavril. Elle lui passa son bras mince autour
du cou et le cajola comme un bébé, caressant
la limite rase de ses cheveux derrière l'oreille.

A ce moment-là, ils entendirent le choc mat des
talons de Wolf sur le sol et il tomba près d'eux
lourdement. Il resta sur les genoux, courbé, sans
force, la tête entre ses mains. Sur sa joue, on
voyait une grande traînée noire, épaisse et pois-
seuse, comme une croix d'encre sur un mauvais
devoir ; ses doigts douloureux digéraient à peine
leur longue étreinte.

Oubliant son cauchemar à lui, Saphir déchif-
frait sur le corps de Wolf les traces d'une autre
inquiétude. L'étoffe de son vêtement protecteur
brillait de gouttelettes microscopiques comme des
perles et il restait affaissé, un cadavre, au pied
de la machine.

Folavril se dégagea de Saphir et s'approcha de
Wolf. Elle lui prit les poignets dans ses doigts
tièdes, et, sans essayer de les disjoindre, les pressa
amicalement. En même temps, elle parlait d'une
voix enveloppante et chanteuse, elle lui disait de
rentrer à la maison, où il faisait chaud, où il y

avait un grand rond de lumière sur la table, où
Lil l'attendait ; et Saphir se pencha vers Wolf et
l'aida à se relever. Pas à pas, ils le guidèrent dans
l'ombre. Wolf marchait avec peine. Il traînait un
peu la jambe droite, un bras sur les épaules de
Folavril. Saphir le soutenait de l'autre côté. Ils
firent le chemin sans mot dire. Des yeux de Wolf
tombait sur l'herbe de sang une lumière hostile et
froide qui posait devant eux la trace légère de son
double pinceau, atténué de seconde en seconde ;
lorsqu'ils arrivèrent à la porte de la maison l'opa-
cité massive de la nuit venait de se refermer sur
eux.

CHAPITRE XVIII

VÊTUE d'un peignoir léger, Lil, assise à sa coiffeuse, arrangeait ses ongles. Ils venaient de trem-
per pendant trois minutes dans du jus de liseron
décalcifié, pour amollir la cuticule et amener la
lunule au premier quartier tout juste. Elle prépa-
rait soigneusement la petite cage à fond mobile
dans laquelle deux coléoptères spécialisés s'aigui-
saient les mandibules en attendant le moment où,
posés à pied d'œuvre, ils auraient à tâche de faire
disparaître les peaux. Les encourageant de quelques mots sélectionnés, Lil posa la cage sur

l'ongle de son pouce et tira la tirette. Avec un ronron satisfait, les insectes se mirent au travail, animés d'une émulation maladive. Les peaux se transformaient en fine poussière sous les coups rapides du premier, tandis que l'autre fignolait le travail, ébarbait et lissait les bords tranchés par son petit camarade.

Il y eut un frappis contre la porte et Wolf entra. Il était rasé et raclé, l'air bien mais un peu blême.

« Je peux parler avec toi, Lil ? demanda-t-il.

— Viens, dit-elle en lui faisant une place sur la banquette de satin piqué.

— Je ne sais pas de quoi, dit-il.

— Ce n'est pas grave, dit Lil. On ne parle jamais beaucoup de toute façon... Tu n'auras pas de mal à trouver. Qu'est-ce que tu as vu dans ta machine ?

— Je ne suis pas venu pour te le dire, protesta Wolf.

— Bien sûr, dit Lil. Mais tu préfères tout de même que je te le demande.

— Je ne peux pas te répondre, dit Wolf, parce que ce n'est pas plaisant. »

Lil fit passer la cage de l'ongle du pouce à celui de l'index.

« Tu ne vas pas prendre cette machine tellement au tragique, dit-elle. C'est tout de même une initiative qui ne vient pas de toi.

— En général, dit Wolf, quand une vie passe par

un tournant, ce n'est pas elle qui l'a prémédité.

— C'est dangereux, cette machine, dit Lil.

— Il faut se mettre dans une situation dangereuse, ou un petit peu désespérée, dit Wolf. C'est excellent à condition de ne pas le faire tout à fait exprès ce qui est mon cas.

— Pourquoi rien qu'un peu exprès ? dit Lil.

— Le petit peu qu'il faut, c'est pour se répondre, si on a peur, dit Wolf, « je l'ai cherché ».

— C'est de l'enfantillage », dit Lil.

La cage voltigea de l'index au majeur. Wolf regardait les coléoptères.

« Tout ce qui n'est ni une couleur, ni un parfum, ni une musique, dit-il en comptant sur ses doigts, c'est de l'enfantillage.

— Et une femme ? protesta Lil. Sa femme ?

— Une femme, non, par conséquent, dit Wolf, puisque c'est au moins les trois. »

Ils se turent un instant.

« Tu es en plein parti pour me dire des choses affreusement supérieures, dit Lil, et il y a bien un moyen de t'arrêter, mais je ne veux pas défaire des ongles que j'ai eu tant de mal à faire. Aussi, tu vas sortir avec Lazuli. Tu vas prendre de l'argent et vous irez vous distraire tous les deux, ça vous fera du bien.

— Voir les choses de là-dedans, dit Wolf, ça restreint considérablement le domaine de l'intérêt.

— Tu es un éternel découragé, dit Lil. Ce qui est drôle, c'est que tu continues à faire des choses avec cette mentalité-là. Tu n'as pas tout essayé, tout de même...

— Ma Lil », dit Wolf.

Elle était toute tiède dans son peignoir bleu. Elle sentait le savon et les parfumeries chauffées sur la peau. Il l'embrassa dans le cou.

« J'ai tout essayé avec vous, peut-être ? ajouta-t-il taquin.

— Parfaitement, dit Lil, et j'espère que tu essaieras encore, mais tu me chatouilles et tu vas bousiller mes ongles, alors j'aime mieux que tu ailles un peu faire l'imbécile avec ton aide. Que je ne te revoie pas avant ce soir, hein... et tu ne me diras pas tout ce que vous aurez fait. Et pas de machine aujourd'hui. Vis un peu au lieu de ressasser.

— Pas besoin de machine aujourd'hui, dit Wolf. J'ai oublié des choses pour au moins trois jours. Pourquoi tu veux que je sorte sans toi ?

— Tu n'aimes pas tellement sortir avec moi, dit Lil ; et aujourd'hui, je n'ai pas le cafard, alors j'aime mieux que tu t'en ailles. Allez, va chercher Lazuli. Et laissez-moi Folavril, hein ? Tu serais trop content d'avoir ce prétexte-là pour sortir avec elle et dire à Lazuli d'aller tripoter ton sale moteur.

— T'es bête... et machiavélique », dit Wolf.

Il se leva et se rebaissa pour embrasser un des seins de Lil spécialement embrassable une fois debout lui Wolf.

« File ! » dit Lil avec une pichenette de l'autre main.

Wolf sortit, referma la porte et monta un étage. Il toqua chez Lazuli. Qui dit entrez et apparut sur son lit, renfrogné.

« Oui ? dit Wolf. C'est triste, hein ?

— Ah ! oui, soupira Lazuli.

— Viens, dit Wolf. On va faire une virée en garçons.

— Quel genre ? dit Lazuli.

— En garçons pas sérieux, dit Wolf.

— Alors, j'emmène pas Folavril ? dit Lazuli.

— Pas question, dit Wolf. Au fait, où est-elle ?

— Chez elle, dit Lazuli. Fait ses ongles. Pouah ! »

Ils descendirent l'escalier. Au moment de passer le palier où habitait Wolf, celui-ci s'arrêta.

CHAPITRE XIX

« Tu n'es pas de bonne humeur, constata-t-il.

— Vous non plus, dit Lazuli.

— On va prendre du vigoureux, dit Wolf. J'ai

un reginglot 1924 qu'est spécialement idoine. Ça console. »

Il entraîna Lazuli dans la salle à manger et ouvrit le placard. Il y avait une pleine bouteille de reginglot à moitié vide.

« Ça suffira, dit Wolf. A la régalade ?

— Voui, dit Lazuli. Comme des hommes.

— Qu'on est, ajouta Wolf pour renforcer leur décision.

— La trique au vent, dit Lazuli, tandis que Wolf buvait. La trique au vent et tant pis pour les cloches. Et vivé les récipiendaires. Passez-moi ça, buvez pas tout. »

D'un dos de main, Wolf se torcha les babines.

« T'as l'air un peu énervé, dit-il.

— Glou ! » fit Lazuli.

Et il ajouta :

« Je suis un affreux simulateur. »

La bouteille vide ayant conscience de son inutilité totale, s'étrécit et se tassa, se tsantsa et disparut.

« Allons-y ! » dit Wolf.

Ils partirent, marquant le pas au moyen d'un crayon gras. Ça distrait.

A leur gauche, disparut la machine.

Ils traversèrent le Carré.

Franchirent la brèche.

Voilà la route.

« Qu'est-ce qu'on va faire ? dit Lazuli.

— Voir les filles, dit Wolf.

— Chouette ! dit Lazuli.

— Comment chouette ? protesta Wolf. C'est à moi de dire ça. Toi, tu es célibataire.

— Justement, dit Lazuli. J'ai le droit de me réjouir sans remords.

— Oui, dit Wolf. Mais toi, tu ne le diras pas à Folavril.

— Plus souvent ! grogna Lazuli.

— Elle ne voudrait plus de toi.

— Je ne sais pas, dit hypocritement Lazuli.

— Tu veux que je lui dise pour toi ? proposa hypocritement Wolf.

— J'aime mieux pas, avoua Lazuli. Mais pourtant, j'ai le droit, bon Dieu !

— Oui, dit Wolf.

— Avec elle, dit Lazuli, j'ai des embêtements. Je ne suis jamais seul. Toutes les fois que je commence à m'occuper d'elle sexuellement, c'est-à-dire avec mon âme, il y a un homme... »

Il s'interrompit.

« Je suis cinglé. Ça a l'air tellement idiot comme ça. Mettons que je n'ai rien dit.

— Il y a un homme ? répéta Wolf.

— C'est tout, dit Lazuli. Il y a un homme et on n'y peut rien.

— Qu'est-ce qu'il fait ?

— Il regarde, dit Lazuli.

— Quoi ?

— Ce que je fais.

— Ça... murmura Wolf, c'est lui que ça doit gêner.

— Non... dit Lazuli. Parce que, à cause de lui, je ne peux rien faire de gênant.

— C'est une bonne blague, dit Wolf. Quand est-ce que tu en as eu l'idée ? Ça ne serait pas plus simple de dire à Folavril que tu ne veux plus d'elle ?

— Mais j'en veux !... gémit Lazuli. J'en veux drôlement !... »

La ville s'approchait d'eux. Les petites maisons en bouton, les demi-maisons presque grandes avec une fenêtre encore enterrée à moitié et les toutes poussées de diverses couleurs et odeurs. Ils suivirent la rue principale et tournèrent vers le quartier des amoureuses. On passait une grille d'or et tout devenait de luxe. Les façades des maisons étaient plaquées de turquoise ou de lave rose, et par terre, c'était de la fourrure épaisse, onctueuse, jaune citron. Au-dessus des rues, il y avait, entrevues, des coupoles de cristal mince et de verre gravé mauve et eau. Des lampadaires à gaz parfumé éclairaient les numéros des maisons devant lesquelles, sur un petit écran de télévoyance en couleur, on pouvait contrôler l'activité des occupantes dans des boudoirs tendus de velours noir et éclairés gris pâle. La musique vous nouait les six dernières vertèbres, très douce et sulfureuse. Celles qui n'opéraient pas étaient devant leurs portes, dans des niches de cristal où ruisselaient des jets d'eau de rose pour les détendre et les adoucir.

Un voile de brume rouge au-dessus de leurs têtes masquait et découvrait par intervalles les dessins capricieux du verre des coupoles.

Dans la rue, il y avait quelques hommes, un peu étourdis, qui avançaient à pas vagues. D'autres, allongés devant les maisons, rêvaient en reprenant des forces. Le bord du trottoir, sous la fourrure citron, était de mousse élastique, douce aux sentiments, et les ruisseaux de vapeur rouge filaient le long des maisons, suivant les tubes de descente en verre épais à travers lesquels on vérifiait aisément l'activité des salles de bain.

Il circulait des marchandes de poivre et de cantharide, vêtues d'un gros ruban de fleurs dans les cheveux et portant des petits plateaux de métal mat avec des sandwiches tout prêts.

Wolf et Lazuli s'assirent sur le trottoir. Il passa contre eux une marchande longue, brune et déliée, qui chantonnait une valse lente et dont la cuisse lisse effleura la joue de Wolf. Elle sentait le sable des îles. Wolf la retint en étendant la main. Et il lui caressa la peau suivant les contours des muscles fermes. Elle s'assit entre eux. Ils se mirent tous trois à manger des sandwiches au poivre.

A la quatrième bouchée, l'air commençait à vibrer autour de leurs têtes et Wolf s'allongea dans le ruisseau confortable. La marchande s'étendit à côté de lui. Wolf était sur le dos et elle à plat ventre, accoudée, lui glissait de temps en temps un nouveau sandwich entre les dents. Lazuli se mit debout et il cherchait des yeux une porteuse de boissons. Elle arriva et ils burent des gobelets d'alcool d'ananas pimenté et bouillant.

« Que fait-on ? murmura Wolf très voluptueusement.

— On est bien ici, dit Lazuli, mais on serait encore mieux dans une de ces jolies maisons.

— Vous n'avez plus faim ? demanda la marchande de poivre.

— Ni soif ? compléta sa collègue.

— Vous, dit Wolf, on peut entrer avec vous dans ces maisons ?

— Non, dirent les deux marchandes. Nous, on est plus ou moins vestales.

— On peut toucher ? dit Wolf.

— Oui, dirent les deux filles. Touchotter, bigeotter, lichotter, mais rien de plus.

— Oh zut ! dit Wolf. De quoi se mettre en appétit et être obligé de s'arrêter juste au bon moment !...

— On a des fonctions, expliqua la porteuse de boissons. Il faut faire attention dans notre métier. Et puis celles des maisons en tâtent un peu... »

Elles se relevèrent, les reins élastiques. Wolf s'assit et passa une main incertaine dans ses cheveux. Restant où il était, il enlaça les jambes de la marchande de sandwiches et posa ses lèvres sur la chair qui voulait bien. Puis il se releva et entraîna Lazuli.

« Viens, dit-il. Laissons-les travailler. »

Déjà elles s'éloignaient avec des gestes d'adieu.

« On compte cinq maisons, dit Lazuli et on entre.

— D'accord, dit Wolf. Pourquoi cinq ?

— Parce qu'on est deux », dit Lazuli.

Il comptait :

« ... quatre... cinq. Passez devant. »

C'était une petite porte d'agate encadrée de bronze luisant. Sur l'écran, on voyait qu'elles dormaient. Wolf poussa la porte. Il y avait dans la pièce une lumière beige et trois filles étendues sur un lit de cuir.

« Ça va bien, dit Wolf. Déshabillons-nous sans les réveiller. Celle du milieu servira à nous séparer.

— Ça va nous remettre les idées en place », dit Lazuli ravi.

Wolf laissa tomber ses vêtements à ses pieds. Lazuli se battit avec un lacet de soulier et arracha tout. Ils étaient nus tous les deux.

« Et si celle du milieu se réveille ? dit Wolf.

— Faut pas s'en faire, dit Lazuli. On trouvera bien une solution. Elles doivent savoir se débrouiller dans un cas comme ça.

— Je les aime, dit Wolf. Elles sentent bon la femme. »

Il s'étendit contre la rousse tout près de lui. Elle était chaude de sommeil et n'ouvrit pas les yeux. Ses jambes se réveillèrent jusqu'à son ventre. Le haut continuait à dormir pendant que Wolf, bercé, redevenait jeune comme tout. Et personne ne regardait Lazuli.

CHAPITRE XX

EN reprenant conscience, Wolf s'étira et se dégagea du corps de son amoureuse qui s'était rendormie tout entière. Il se leva, fit jouer ses muscles et se pencha vers elle pour la soulever. Elle s'accrocha à son cou et il la porta jusqu'à la baignoire où coulait une eau opaque et parfumée. Il la cala confortablement et revint se rhabiller. Lazuli déjà prêt, l'attendait en caressant les deux autres filles qui se laissaient faire plutôt volontiers. Lorsqu'ils sortirent, elles les embrassèrent et s'en furent rejoindre leur camarade.

Ils foulèrent le sol jaune, les mains dans les poches, respirant à pleins poumons l'air laiteux. D'autres hommes les croisaient, pleins de sérénité. De temps en temps, certains s'asseyaient par terre, retiraient leurs chaussures et se calaient commodément contre le trottoir pour un somme avant de recommencer. Quelques-uns passaient leur vie entière dans le quartier des amoureuses, nourris de poivre et d'alcool d'ananas. Ils étaient maigres et durs, avec des yeux flambants, des gestes arrondis et l'esprit apaisé.

A l'angle d'une rue, Wolf et Lazuli se heurtèrent à deux marins qui sortaient d'une maison bleue.

« Vous êtes d'ici ? » demanda le plus grand.

Il était grand, brun, frisé, avec un corps musclé et une tête romaine.

« Oui, dit Lazuli.

— Vous nous indiquez où on peut jouer ? demanda l'autre marin, moyen et neutre.

— A quoi ? dit Wolf.

— A la saignette ou au retroussis, répondit le premier marin.

— Le quartier des jeux est par là... dit Lazuli en montrant devant eux. On y va.

— On vous suit », dirent les deux marins en chœur.

Ils continuèrent en parlant.

« Quand avez-vous débarqué ? demanda Lazuli.

— Il y a deux ans, répondit le grand marin.

— Comment vous appelez-vous ? demanda Wolf.

— Je m'appelle Sandre, dit le grand marin, et mon copain se nomme Berzingue.

— Vous êtes resté dans le quartier depuis deux ans ? demanda Lazuli.

— Oui, dit Sandre. On y est bien. Nous aimons beaucoup le jeu.

— La saignette ? précisa Wolf qui avait lu des histoires de marins.

— La saignette et le retroussis, dit Berzingue, qui semblait parler peu.

— Venez jouer avec nous, proposa Sandre.

— A la saignette ? dit Lazuli.

— Oui, dit Sandre.

— Vous êtes sûrement trop forts pour nous, dit Wolf.

— C'est un bon jeu, dit Sandre. Il n'y a pas de perdants. Il y a des gagnants plus ou moins et on profite de ce que gagnent les autres autant de ce que soi-même.

— Je me laisserais presque tenter, dit Wolf. Tant pis pour l'heure. Il faut tout essayer.

— Il n'y a pas d'heure, dit Berzingue. J'ai soif. »

Il héla une porteuse de boissons qui accourut. Sur son plateau, l'alcool d'ananas bouillait dans des gobelets d'argent. Elle but avec eux et ils l'embrassèrent sur ses lèvres à vif.

Ils foulaient toujours l'épaisse laine jaune, environnés de brume par instants, complètement détendus, bien vivants jusqu'au bout des doigts de pied.

« Avant ici, dit Lazuli, vous avez beaucoup navigué ?

— Ja, ja jamais », dirent les deux marins.

Puis Berzingue ajouta.

« On ment.

— Oui, dit Sandre. On n'a pas arrêté en réalité. On disait ja, ja, jamais parce qu'à notre idée, ça devrait quasiflûtement pouvouyoir fayère une cheranceron.

— Ça ne nous dit pas ousque vous avez été, dit Lazuli.

— On a vu les îles Creuses, dit Sandre et on y est resté trois jours. »

Wolf et Lazuli les regardèrent avec respect.

« C'est comment ? dit Wolf.

— C'est creux, dit Berzingue.

— Foutre de foutre ! » dit Lazuli.

Il était devenu tout pâle.

« Faut pas penser à ça, dit Sandre. C'est passé maintenant. Et puis, sur le moment, on ne s'est pas rendu compte. »

Il s'arrêta.

« Ça y est, dit-il. C'est l'endroit. Vous aviez raison, c'était bien par là. Nous, depuis deux ans qu'on est ici, on n'arrive pas à s'y retrouver.

— Comment faites-vous en mer ? demanda Wolf.

— En mer, dit Sandre, il y a de la variété. Y a pas deux vagues qui se ressemblent. Ici, c'est toujours pareil. Des maisons et des maisons. On peut pas. »

Il poussa la porte et elle admit cet argument.

A l'intérieur, c'était grand et carrelé, tout lavable. Du côté des joueurs, on s'asseyait dans des fauteuils en cuir, de l'autre, des gens étaient debout, nus et attachés, femmes ou hommes, suivant les goûts. Sandre et Berzingue avaient déjà sur eux des pipes à saignette à leurs initiales et Lazuli en prit deux sur un plateau pour Wolf et lui-même, avec une boîte d'aiguilles.

Sandre s'assit, porta sa pipe à sa bouche et souffla. Là-bas, devant lui, il y avait une fille de quinze ou seize ans. L'aiguille se ficha dans la chair de son sein gauche et une grosse goutte de sang se forma, coula et descendit le long du corps.

« Sandre est vicieux, dit Berzingue. Il vise les seins.

— Et vous ? demanda Lazuli.

— Moi, d'abord, dit Berzingue, je fais ça aux hommes. Moi, j'aime les femmes. »

Sandre en était à sa troisième aiguille. Elle arriva si près des deux premières que l'on entendit le petit cliquetis de l'acier.

« Tu veux y jouer ? demanda Wolf à Lazuli.

— Pourquoi pas ? dit Lazuli.

— Moi, dit Wolf, je n'ai plus guère envie.

— Une vieille ? proposa Lazuli. Ça ne peut pas te faire de mal, une vieille... sous l'œil.

— Non, dit Wolf. J'aime pas. Pas drôle. »

Berzingue avait choisi sa cible, un garçon criblé d'acier, qui regardait ses pieds, l'air indifférent. Il prit sa respiration et souffla de toutes ses forces. La pointe arriva en pleine chair et disparut dans l'aine du garçon qui sursauta. Un gardien s'approcha.

« Vous jouez trop fort, dit-il à Berzingue. Comment voulez-vous qu'on la retire si vous jouez aussi fort ? »

Il se pencha sur le point sanglant et tirant de sa poche une brucelle d'acier chromé, fouilla délicatement la chair. Il laissa choir sur le carrelage l'aiguille brillante et rouge.

Lazuli hésitait.

« J'ai très envie d'essayer, dit-il à Wolf. Mais je ne suis pas tellement sûr d'aimer ça autant qu'eux. »

Sandre avait lancé ses dix aiguilles. Ses mains tremblaient et sa bouche déglutissait doucement. On ne voyait plus que le blanc de ses yeux. Il eut une sorte de spasme et se laissa aller en arrière dans son fauteuil de cuir.

Lazuli actionnait la manivelle qui changeait la cible devant lui. Brusquement, il s'immobilisa.

Il y avait devant lui un homme vêtu de sombre, l'air triste, qui le regardait. Il se passa la main sur les paupières.

« Wolf ! souffla-t-il. Vous le voyez ?

— Qui ? dit Wolf.

— L'homme en face de moi. »

Wolf regarda. Il s'ennuyait. Il voulait partir.

« Tu es sonné », dit-il à Lazuli.

Il y eut un bruit près d'eux. Berzingue avait encore soufflé trop fort et il recevait, en représailles, cinquante aiguilles dans la figure. Son visage n'était plus qu'une tache rouge et il poussait des gémissements pendant que deux gardiens l'emmenaient.

Lazuli, troublé par ce spectacle, avait détourné les yeux. Il les reporta devant lui. La cible était vide. Il se leva.

« Je vous suis... », murmura-t-il à l'adresse de Wolf.

Ils sortirent. Tout leur entrain était tombé.

« Pourquoi avons-nous rencontré ces marins ? » dit Lazuli.

Wolf soupira.

« Il y a tellement d'eau partout, dit-il. Et si peu d'îles. »

Ils s'éloignaient à grands pas du quartier des jeux, et devant eux se dressait la grille noire de la ville. Ils franchirent l'obstacle et se retrouvèrent dans l'obscurité tissée de fils sombres ; ils avaient encore une heure de marche pour retourner à la maison.

Chapitre XXI

Ils allaient, sans se soucier du chemin, côte à côte comme pour faire Eve. Lazuli traînait un peu la jambe et sa combinaison de soie grège faisait des plis. Wolf marchait la tête baissée, comptant ses pieds. Au bout d'un moment il dit avec une espèce d'espoir :

« Si on passait par les cavernes ?

— Oui, dit Lazuli. Ici, il y a trop de monde. »

Ils venaient en effet, pour la troisième fois en dix minutes de croiser un vieillard pas frais. Wolf étendit le bras à gauche pour montrer qu'il allait tourner, et ils entrèrent dans la première maison. C'était une maison à peine poussée, un étage environ car ils approchaient des faubourgs. Ils descendirent l'escalier de la cave, vert de mousse, et parvinrent au couloir général qui desservait la rangée. De là, sans effort, on accédait aux

cavernes. Il suffisait d'assommer le gardien, ce
qui fut chose aisée, car il ne lui restait qu'une
dent.

Derrière le gardien, s'ouvrait une porte étroite
avec un arc en plein cintre et un nouvel escalier,
tout brillant de cristaux minuscules. Des lampes,
de place en place, guidaient les pas de Wolf et de
Lazuli qui faisaient crisser sous leurs semelles les
concrétions éblouissantes. En bas de l'escalier, le
souterrain s'élargissait et l'air devenait chaud avec
des pulsations comme dans une artère.

Ils firent deux ou trois cents mètres avant de
se parler. Par endroits, le mur s'interrompait sur
des ouvertures plus basses, des ramifications du
passage central et chaque fois, les couleurs des
cristaux changeaient. Il y en avait des mauves,
des vert-vif, certains comme des opales, avec des
reflets à la fois bleu lacté et orange ; des couloirs
avaient l'air tapissés d'yeux de chat. Dans d'autres, la lumière tremblait doucement et le centre
des cristaux palpitait comme un petit cœur minéral. Ils ne couraient aucun risque de se perdre
parce qu'il n'y avait qu'à suivre le passage principal pour arriver en dehors de la ville. Ils s'ar-
rêtaient parfois pour suivre du regard les jeux
de lumière dans une des ramifications. Aux rac-
cordements, il y avait des bancs de pierre blanche
pour s'asseoir.

Wolf pensait que la machine continuait à l'at-

tendre dans le noir et il se demandait quand il
allait y retourner.

« Il y a un liquide qui suinte sur les montants
de la cage, dit Wolf. .

— Ce que vous aviez sur la figure en descendant ? demanda Lazuli. Ce machin noir et col-
lant ?

— C'est devenu noir quand je suis descendu,
dit Wolf. Dedans, c'était rouge. Rouge et poisseux comme du sang épais.

— Ce n'est pas du sang, dit Lazuli, c'est probablement une condensation...

— C'est remplacer un mystère par un mot, dit
Wolf. Ça fait un autre mystère, c'est tout. On
commence comme ça, et on finit par faire de la
magie.

— Et alors ? dit Lazuli. Ce n'est pas de la
magie, cette histoire de cage ? C'est un résidu de
vieille superstition gauloise.

— Laquelle ? dit Wolf.

— Vous êtes comme tous les autres Gaulois,
dit Lazuli. Vous craignez que le ciel ne vous tombe
sur la tête, alors, vous prenez les devants. Vous
vous enfermez.

— Bon Dieu, dit Wolf, c'est le contraire. Je
veux voir ce qu'il y a derrière.

— Comment se fait-il que ça coule rouge, dit
Lazuli, puisque ça vient de rien ? C'est forcément
une condensation. Mais ça, vous ne vous en sou-

ciez pas du tout. Qu'est-ce que vous avez vu, de là-dedans ? Vous n'êtes même pas fichu de me le dire, protesta Lazuli, pourtant je travaille avec vous depuis le début. Vous le savez bien que vous vous foutez complètement de ce qu'il y a... »

Wolf ne répondit pas. Lazuli hésitait. Il se décida.

« Dans une chute d'eau, dit-il, ce qui compte c'est la chute, ce n'est pas l'eau. »

Wolf releva la tête.

« De là-dedans, dit-il, on voit les choses comme elles ont été. C'est tout.

— Et ça vous donne envie d'y retourner ? dit Lazuli, avec un ricanement sarcastifleur.

— C'est autre chose qu'une envie, dit Wolf. C'est inévitable.

— Bouh !... pouffa Lazuli. Vous me faites marrer.

— Pourquoi est-ce que tu as l'air si idiot quand tu es avec Folavril ? dit Wolf pour contre-attaquer. Tu vas me le dire, peut-être ?

— Pas du tout, dit Lazuli. Je n'ai rien à vous dire de ça, puisqu'il ne se passe rien d'anormal.

— Tu te ressaisis, hein ? dit Wolf. Parce que tu viens de faire ça avec une amoureuse du quartier ? Alors, tu crois que ça va remarcher avec Folavril ? Ben, tu peux dormir tranquille. Sitôt que tu seras de nouveau avec elle, tu auras ton type qui reviendra t'embêter.

— Non, dit Lazuli. Pas après ce que j'ai fait.

— Et tout à l'heure, à la saignette, tu ne l'as pas vu le type ? dit Wolf.

— Non, dit Lazuli qui mentait avec aplomb.

— Tu mens », dit Wolf.

Et il ajouta :

« Avec aplomb.

— Est-ce qu'on est bientôt arrivés ? dit Lazuli en changeant de ton parce que ça devenait pénible.

— Non, dit Wolf. Encore une bonne demi-heure.

— Je veux voir le nègre qui danse, dit Lazuli.

— C'est au prochain embranchement, dit Wolf. Dans deux minutes. Ça ne nous fera pas de mal, tu as raison. Cette saignette est un jeu idiot.

— La prochaine fois, dit Lazuli, on jouera plutôt au retroussis. »

CHAPITRE XXII

ET puis, à ce moment-là, ils arrivèrent au point d'où l'on voyait le nègre danser. Les nègres ne dansent plus dehors. Il y a toujours un tas d'imbéciles qui viennent les regarder, et les nègres croient que c'est pour les tourner en ridicule. Car les nègres sont très susceptibles et ils ont raison. Après tout, être blanc, c'est une absence de pigments, plutôt qu'une qualité spéciale, et on ne voit pas pourquoi des types qui ont inventé la poudre se prétendraient supérieurs à tout le monde et devraient être autorisés à troubler les activités autrement intéressantes de la danse et de la musique. Ceci pour dire que le nègre n'avait guère trouvé que ce coin-là pour être tranquille ; la caverne était gardée par un gardien ; il fallait donc pour voir le nègre se débarrasser du gardien, et ce geste constituait aux yeux du nègre, une sorte de certificat : si on avait vraiment eu assez envie de le voir pour démolir le gardien, on gagnait le droit de le faire, parce qu'on prouvait une assez grande absence de préjugés.

D'ailleurs, il s'était installé confortablement, et un tube spécial lui envoyait du vrai soleil et de l'air du dehors. L'embranchement choisi par lui, en beaux cristaux au chrome orange, était assez dégagé et plutôt haut de plafond, il y poussait des herbes tropicales et des colibris, et en général, les épices indispensables. Le nègre se faisait de la musique sur une machine perfectionnée qui jouait longtemps. Il travaillait le matin, par sections, des danses qu'il exécutait le soir, complètes, et avec tous les détails.

Lorsque Wolf et Lazuli parurent, il allait tout
juste commencer la danse du serpent, qui se fait
des hanches aux orteils, sans le secours du reste.
Il attendit poliment qu'ils soient près de lui et
commença. Sa machine à musique faisait un
ravissant accompagnement où l'on reconnaissait
le timbre grave de la sirène d'un bateau à vapeur
qui remplaçait au pied levé le saxophone baryton
de l'orchestre, lorsque le disque avait été enre-
gistré.

Wolf et Lazuli se taisaient et regardaient.
Le nègre était très habile, il avait bien quinze
façons de se remuer les rotules, ce qui est un
nombre considérable, même pour un nègre.
Peu à peu, cela faisait oublier tous les ennuis,
la machine, le Conseil municipal, Folavril et la
saignette.

« Je ne regrette pas d'être revenu par la
caverne, dit Lazuli.

— Sans doute, répondit Wolf. Surtout qu'il fait
nuit dehors, à cette heure-ci. Et lui, il a encore
du soleil.

— On devrait venir habiter avec lui, suggéra
Lazuli.

— Et le travail ? dit Wolf pas convaincu.

— Oh, le travail ! oui ! hein ! dit Lazuli. Mais
non, vous voulez retourner dans votre sacrée cage.
C'est un bon prétexte, le travail. Et moi, je veux
voir si l'homme revient.

— Zut ! dit Wolf. Regarde-le et fiche-moi la paix. Il vous empêche de penser à ça.

— Naturellement, dit Lazuli, mais j'avais un reste de conscience professionnelle.

— Va te faire foutre, avec ta conscience professionnelle », dit Wolf.

Le nègre leur adressa un large sourire et s'arrêta. La danse du serpent était finie. Sur sa figure, on voyait de grosses gouttes de sueur et il s'essuya avec un vaste mouchoir à carreaux. Puis, sans plus attendre, il se mit à faire la danse de l'autruche. Il ne se trompait pas une fois et à chaque instant, il inventait de nouveaux rythmes avec le tapotis de ses pieds.

A la fin de cette nouvelle danse, il leur fit un grand sourire.

« Ça fait deux heures que vous êtes là », dit-il très objectivement.

Wolf regarda sa montre. C'était exact.

« Il ne faut pas nous en vouloir, dit-il. Nous étions fascinés.

— C'est à ça que ça sert », constata le nègre.

Mais Wolf sentit à je ne sais quoi — on sent très vite quand un nègre devient susceptible — qu'ils étaient restés trop longtemps déjà. Avec un murmure de regret, il prit congé.

« Au revoir », dit le nègre.

Et, derechef, il enchaîna sur le pas du lion boiteux. Avant de regagner le souterrain principal,

Wolf et Lazuli se retournèrent une dernière fois, au moment où il imitait l'assaut de la gazelle des plateaux. Puis ils tournèrent et ne le virent plus.

« Zut ! dit Wolf. Quel dommage qu'on ne puisse pas rester plus !

— On va déjà être drôlement en retard, dit Lazuli sans pour cela se presser le moins du monde.

— Tout ça, des déceptions, dit Wolf. Parce que ça ne dure pas.

— On se sent frustrés, dit Lazuli.

— Mais si ça durait, dit Wolf, ça serait la même fin.

— Ça ne dure jamais, dit Lazuli.

— Si, dit Wolf.

— Non », dit Lazuli.

C'était difficile à dénouer, alors Wolf changea de conversation.

« On a une bonne journée de travail devant nous », dit-il.

Il réfléchit et ajouta :

« Le travail, ça dure.

— Non, dit Lazuli.

— Si », dit Wolf.

Cette fois, ils furent obligés de se taire. Ils marchaient vite et le sol commençait à remonter. Brusquement, ce fut un escalier. Dans une guérite, à droite, se tenait, au gardien-à-vous, un vieux gardien.

« Qu'est-ce que vous fichez là ? leur demanda-t-il. Vous avez estourbi mon confrère de l'autre bout ?

— Pas gravement, assura Lazuli. Il pourra marcher demain.

— Tant pis, dit le vieux gardien. J'avoue que je ne déteste pas voir du monde. Bonne chance, mes gars.

— Si on revient, dit Lazuli, vous nous laisserez descendre ?

— Pas question, dit le vieux gardien. La consigne, c'est elle. Il faudra me passer sur le corps.

— Entendu, promit Lazuli. A bientôt. »

Au-dehors, il y avait des cernes gris et blêmes. Il faisait du vent. Le jour allait bientôt se lever. En passant près de la machine, Wolf s'arrêta.

« Rentre seul, dit-il à Lazuli. J'y retourne. »

Lazuli s'éloigna en silence. Wolf ouvrit l'armoire et commença à s'équiper. Ses lèvres remuaient indistinctement. Il tira le levier qui ouvrait la porte et pénétra dans la cage. La porte grise se referma sur lui avec un claquement clair.

Chapitre XXIII

Cette fois, il avait mis l'index à la vitesse maximum et ne sentit pas le temps s'écouler. Lorsque son esprit se clarifia, il se retrouvait en haut de la grande allée, à l'endroit même où il avait quitté M. Perle.

C'était le même sol gris jaune, avec les marrons, les feuilles mortes et les pelouses. Mais les ruines et le roncier étaient déserts. Il aperçut le tournant qu'il fallait franchir. Il avança sans hésiter.

Presque aussitôt, il prit conscience d'un brusque changement de décor ; malgré quoi il n'eut pas la notion d'une interruption, d'une solution de continuité quelconque. Maintenant, devant lui, c'était une rue pavée, assez raide, triste, bordée à droite par des tilleuls ronds le long d'un vaste bâtiment gris, à gauche par un mur sévère couronné de tessons. Il régnait un silence total sur toutes choses. Wolf, à pas lents, longea le mur ; au bout de quelques dizaines de mètres, il se trouva devant une porte à guichet, entrebâillée. Sans hésiter, il la poussa et entra. A ce moment, une brève sonnerie retentit, et

cessa. Il était dans une vaste cour carrée qui lui
rappela la cour du lycée. La disposition des lieux
lui sembla familière. Le jour commençait à
baisser. Là-bas, dans ce qui avait été le bureau
du surveillant général, brillait une lumière
jaune. Le sol était propre, assez bien entre-
tenu. Une girouette grinçait sur le grand toit
d'ardoises.

Wolf marcha vers la lumière. Lorsqu'il fut assez
près, il vit par la porte vitrée, un homme assis
à une petite table et qui paraissait attendre. Il
frappa et entra.

L'homme regarda sa montre, une montre
ronde en acier qu'il tira de la poche de son gilet
gris.

« Vous avez cinq minutes de retard, dit-il.

— Je m'excuse », dit Wolf.

Le bureau était triste, classique, il sentait
l'encre et le désinfectant. A côté de l'homme,
sur une petite plaque rectangulaire, on lisait en
creux et en noir, un nom : Monsieur Brul.

« Asseyez-vous », dit l'homme.

Wolf s'assit et le regarda. M. Brul avait, ouverte
devant lui, une chemise de papier fort de couleur
bulle, qui contenait divers papiers. Il était
âgé de quarante-cinq ans environ, il était
maigre, les os de sa mâchoire ressortaient sous
ses joues jaunes et son nez pointu faisait triste.
Il avait deux yeux soupçonneux sous des sour-

cils mités et un rond en dépression sur ses
cheveux gris marquait la place d'un chapeau
trop porté.

« Vous êtes déjà passé avec mon collègue
Perle, dit M. Brul.

— Oui, monsieur, dit Wolf. Léon Abel Perle.

— Pour suivre le plan, dit M. Brul, je devrais
maintenant vous interroger sur votre travail
d'écolier et vos études.

— Oui, monsieur, dit Wolf.

— Cela m'ennuie, dit M. Brul, car mon collègue l'abbé Grille sera obligé de revenir en
arrière. En effet, vos rapports avec la religion ont
duré fort peu de temps, alors que vos études vous
ont accaparé jusqu'au-delà de la vingtième
année. »

Wolf acquiesça.

« Vous aller partir d'ici, dit M. Brul, et suivre
le couloir intérieur jusqu'au troisième embranchement. Là, vous trouverez facilement l'abbé
Grille et vous lui donnerez ce billet. Ensuite,
vous reviendrez me voir.

— Oui, monsieur », dit Wolf.

M. Brul remplit une formule et la tendit
à Wolf.

« Comme cela, dit-il, nous aurons le temps de
nous y reconnaître. Suivez le couloir. Le troisième transversal. »

Wolf se leva, salua et sortit.

Il se sentait un peu oppressé. Le long couloir sonore, voûté prenait jour sur une cour intérieure, un jardin triste aux allées de gravier bordées de buis nain. Des rosiers morts sortaient de massifs de terre sèche sur lesquels rampaient des herbettes minables. Les pas de Wolf résonnaient dans le couloir et il avait envie de courir comme il courait lorsqu'il était en retard, autrefois, quand il passait par la loge du concierge après la fermeture de la grande grille bardée de tôle opaque. Le sol de ciment grainé était coupé au droit des colonnes qui soutenaient la voûte, de bandes de pierre blanche plus usées que le reste, où l'on distinguait des traces de coquillages fossiles. Des portes béaient, de l'autre côté de la cour, sur des classes vides aux bancs en gradins ; de temps en temps, Wolf apercevait un coin de tableau noir et, raide et austère, une chaire sur son estrade usée.

Au troisième embranchement, Wolf repéra immédiatement une petite plaque d'émail blanc : Catéchisme. Il toqua timidement et entra. C'était une salle comme une salle de classe sans tables, avec des bancs durs tailladés et gravés, et des lampes, au bout de longs fils, munies d'abat-jour émaillés ; les murs, bruns jusqu'à un mètre cinquante du sol, tournaient au gris sale au-dessus. Une épaisse couche de poussière recouvrait les choses. A sa table, mince et distingué,

l'abbé Grille paraissait s'impatienter. Il avait une
petite barbe en pointe et une soutane de bonne
coupe ; une légère serviette de cuir noir reposait
près de lui sur la table. Entre ses mains, Wolf vit,
sans étonnement, le dossier que tenait M. Brul
quelques instants plus tôt.

Il tendit son billet.

« Bonjour, mon enfant, dit l'abbé Grille.

— Bonjour, monsieur l'abbé, dit Wolf. C'est
M. Brul qui...

— Je sais, je sais, dit l'abbé Grille.

— Vous êtes pressé ? demanda Wolf. Je peux
m'en aller.

— Mais pas du tout, pas du tout, dit l'abbé
Grille. J'ai tout le temps. »

Sa voix travaillée et trop distinguée heurtait
Wolf comme une verrerie incommode.

« Voyons... murmura l'abbé Grille. En ce qui
me concerne... euh... vous ne croyez plus à
grand-chose, n'est-ce pas. Alors... voyons...
dites-moi quand vous avez cessé de croire. C'est
une question facile, cela, n'est-ce pas ?

— Ouais... dit Wolf.

— Asseyez-vous, asseyez-vous, dit l'abbé.
Tenez, vous avez une chaise là... Prenez votre
temps, ne vous affolez pas...

— Il n'y a pas de quoi s'affoler... dit Wolf, un
peu las.

— Cela vous ennuie ? demanda l'abbé Grille.

— Oh ! non, dit Wolf... c'est un peu trop simple, voilà tout.

— Ce n'est pas si simple que ça... cherchez bien...

— On prend les gosses trop tôt, dit Wolf. On les prend à un âge où ils croient aux miracles ; ils désirent en voir un ; ils n'en ont pas et c'est fini pour eux.

— Vous n'étiez pas comme cela, dit l'abbé Grille. Votre réponse est peut-être valable pour un enfant quelconque... vous me la donnez pour ne pas avoir à vous compliquer à fond, et je vous comprends... je vous comprends, mais, n'est-ce pas, dans votre cas, il y a autre chose... autre chose.

— Oh ! dit Wolf, en colère, si vous êtes si bien renseigné sur moi ; vous connaissez déjà toute l'histoire.

— En effet, dit l'abbé Grille, mais moi, je n'ai pas besoin d'être éclairé sur votre compte. C'est vous que cela concerne... c'est vous... »

Wolf attira à lui la chaise et s'assit.

« J'avais un abbé comme vous, au catéchisme, dit-il. Mais lui s'appelait Vulpian de Naulaincourt de la Roche-Bizon.

— Grille n'est pas mon nom complet, dit l'abbé en souriant avec complaisance. Je possède aussi la particule...

— Et tous les gosses n'étaient pas identiques à

ses yeux, dit Wolf. Ceux qui portaient de beaux habits l'intéressaient beaucoup et leurs mères aussi.

— Rien de tout ceci ne peut être un motif déterminant de ne pas croire, dit l'abbé Grille, conciliant.

— J'ai cru très fort le jour de ma première communion, dit Wolf. J'ai failli m'évanouir à l'église. J'ai mis ça sur le compte de Jésus. En réalité, ça faisait trois heures qu'on attendait dans une atmosphère confinée et je crevais de faim. »

L'abbé Grille se mit à rire.

« Vous avez une rancune de petit garçon contre la religion, dit-il.

— Vous avez une religion de petit garçon, dit Wolf.

— Vous n'êtes pas qualifié pour en juger, reprit l'abbé Grille.

— Je ne crois pas en Dieu », dit Wolf.

Il resta silencieux quelques instants.

« Dieu est ennemi du rendement, dit-il.

— Le rendement est l'ennemi de l'homme, dit l'abbé Grille.

— Du corps de l'homme... » riposta Wolf.

L'abbé Grille sourit.

« Ça s'annonce mal, dit-il. Nous nous égarons, et vous ne répondez pas à ma question... vous ne répondez pas...

— J'ai été déçu par les formes de votre religion, dit Wolf. C'est trop gratuit. Simagrées, chansonnettes, jolis costumes... le catholicisme et le music-hall, c'est du pareil au même.

— Remettez-vous dans votre état d'esprit d'il y a vingt ans, dit l'abbé Grille. Allons, je suis ici pour vous aider... prêtre ou pas prêtre... le music-hall, c'est très important aussi.

— On n'a pas d'argument pour ou contre, murmura Wolf. On croit ou non. J'ai toujours été gêné d'entrer dans une église. J'ai toujours été gêné de voir des hommes, qui avaient l'âge de mon père mettre un genou en terre en passant devant une petite armoire. Ça me faisait honte pour mon père. Je n'ai pas été en contact avec de mauvais prêtres, ceux dont on lit les turpitudes dans des livres de pédérastes, je n'ai pas assisté à l'injustice — j'aurais à peine su la discerner, mais j'étais gêné avec les prêtres. Peut-être la soutane.

— Quand vous avez dit « Je renonce à Satan, à ses pompes et à ses œuvres »? dit l'abbé Grille.

Il cherchait à aider Wolf.

« J'ai pensé à une pompe, dit Wolf... c'est vrai, je ne me souvenais plus... à une pompe qu'il y avait dans le jardin des voisins, avec un battant, et peinte en vert. Vous savez, j'ai à peine été frotté de catéchisme... je ne pouvais pas croire élevé comme j'ai été élevé. C'était une formalité pour avoir une montre en or et ne pas rencontrer d'obstacles à mon mariage.

— Qui vous forçait à vous marier à l'Eglise ? dit l'abbé Grille.

— Ça amuse les amis, dit Wolf. C'est une robe pour la femme et... oh ! ça m'ennuie, tout ça... ça ne m'intéresse pas. Ça ne m'a jamais intéressé.

— Vous voulez voir une photo du Bon Dieu ? proposa l'abbé Grille. Une photo ? »

Wolf le regarda. L'autre ne plaisantait pas. Il était là, attentif empressé, impatient.

« Je ne crois pas que vous en ayez une », dit-il.

L'abbé Grille plongea la main dans une poche intérieure de sa soutane et en tira un joli portefeuille de crocodile marron.

« J'en ai là une série d'excellentes... » dit-il.

Il en prit trois et les tendit à Wolf. Celui-ci les examina négligemment.

« C'est ce que je pensais, dit-il. C'est mon copain Ganard. C'était toujours lui qui faisait le Bon Dieu quand on jouait une pièce à l'école ou quand on était en récréation.

— C'est bien cela, dit l'abbé Grille. Ganard, qui l'aurait cru, n'est-ce pas ? C'était un cancre. Un cancre. Ganard. Le Bon Dieu. Qui l'aurait cru ? Tenez, regardez celle-là, de profil. Elle est plus nette. Vous vous rappelez ?

— Oui, dit Wolf. Il avait un gros grain de beauté près du nez. Quelquefois, en classe, il y mettait des ailes et des pattes pour qu'on croie que c'était une mouche. Ganard... pauvre vieux.

— Il ne faut pas le plaindre, dit l'abbé Grille. Il a une belle situation. Une belle situation.

— Oui, dit Wolf. Une jolie situation. »

L'abbé Grille remit les photos dans son portefeuille. Dans un autre compartiment il trouva un petit rectangle de carton qu'il tendit à Wolf.

« Tenez, mon petit, lui dit-il. Vous n'avez pas mal répondu, dans l'ensemble. Voilà un bon point. Quand vous en aurez dix, je vous donnerai une image. Une jolie image. »

Wolf le regarda avec stupéfaction et secoua la tête.

« Ce n'est pas vrai, dit-il. Vous n'êtes pas comme ça. Vous n'êtes pas tolérants comme ça. C'est du camouflage. Du noyautage. De la propagande. Du vent.

— Mais si, mais si, dit l'abbé, c'est ce qui vous trompe. Nous sommes très tolérants.

— Allons, allons, dit Wolf, et quoi de plus tolérant qu'un athée ?

— Un mort, dit négligemment l'abbé Grille qui remit son portefeuille dans sa poche. Allons, je vous remercie, je vous remercie. Au suivant.

— Au revoir, dit Wolf.

— Vous retrouverez votre chemin ? » dit l'abbé Grille sans attendre la réponse.

CHAPITRE XXIV

WOLF était déjà sorti. Il pensait maintenant à
tout cela. Tout ce que la personne même de l'abbé
Grille lui avait interdit d'évoquer... les stations à
genoux dans la chapelle obscure, qui le faisaient
tant souffrir et qu'il se rappelait pourtant sans
déplaisir. La chapelle elle-même, fraîche, un peu
mystérieuse. A droite, en entrant, c'était le confes-
sionnal ; il se souvenait de la première confession,
vague et générale — comme celles qui avaient
suivi — et la voix du prêtre lui semblait, derrière
la petite grille, très différente de celle qu'il avait
à l'ordinaire — vague, un peu voilée, plus sereine,
comme si vraiment la fonction du confesseur l'élevait au-dessus de son état — ou plutôt l'enlevait
à son état pour lui donner une faculté subtile de
pardon, une compréhension étendue et une apti-
tude à distinguer le bien d'avec le mal en toute
sécurité. Le plus amusant, c'était la retraite avant
la première communion ; armé d'une claquette en
bois, le prêtre leur apprenait la manœuvre, comme
à de petits soldats, pour qu'il n'y ait pas d'ani-
croche le jour de la cérémonie ; et de ce fait, la
chapelle perdait de son pouvoir, devenait un lieu

plus familier ; une sorte de connivence s'établis-
sait entre ses vieilles pierres et les écoliers qui,
groupés à droite et à gauche du passage central,
s'entraînaient à former deux files qui se scindaient
en une colonne plus épaisse, longeait le passage
jusqu'aux marches et se redivisait en deux files
symétriques recevant l'hostie des mains de l'abbé
et d'un vicaire qui l'assisterait au jour dit. Sera-ce
lui, sera-ce le vicaire qui me tendra l'hostie ?
se demandait Wolf, et il envisageait des ma-
nœuvres complexes pour se substituer à un de
ses camarades au moment crucial afin de la rece-
voir de celui qu'il fallait, car si c'était l'autre,
on risquait de tomber foudroyé ou d'être pris par
Satan à tout jamais. Et puis on avait appris des
cantiques. La chapelle retentissait d'Agneaux si
doux, de gloire, d'espérance et de soutien !..., et
Wolf s'étonnait maintenant de voir à quel point
tous ces mots d'amour et d'adoration pouvaient
rester dénués de signification, se limiter à leur
fonction sonore dans la bouche des enfants qui
l'entouraient comme dans la sienne même. A ce
moment-là, c'était amusant de passer sa première
communion ; on avait vis-à-vis des jeunes — des
plus jeunes — l'impression d'avancer d'un degré
dans l'échelle sociale, de prendre du galon, et
vis-à-vis des anciens, celle d'accéder à leur état, de
pouvoir traiter avec eux d'égal à égal. Et puis le
brassard, le complet bleu, le col empesé, les sou-

liers vernis — et tout de même, quoiqu'on en ait,
l'émotion du grand jour, la chapelle parée, pleine
de monde, l'odeur de l'encens et les mille lueurs
des cierges, le sentiment mitigé d'être en repré-
sentation et d'approcher un grand mystère, le
désir d'édifier par sa piété, la crainte de « La »
mâcher — le, « si c'était vrai tout de même » —
le « c'est vrai »... et, de retour à la maison,
l'estomac plein, l'impression amère d'avoir été
roulé. Il restait les images dorées échangées avec
les copains, le complet que l'on userait, le col
empesé dont on ne ferait jamais rien, et une
montre en or bonne à vendre plus tard, un jour de
dèche, sans un regret. Un livre de messe, aussi, le
don d'une cousine pieuse que jamais l'on osera
jeter à cause de la jolie reliure et dont on ne saura
jamais quoi faire... Déception sans ampleur...
comédie dérisoire... et petit regret de ne point
savoir si l'on a entrevu Jésus ou si l'on s'est
trouvé mal à cause de la chaleur, des odeurs,
du réveil matinal ou du col qui vous serrait
trop...

Du vide. Une mesure pour rien.

Alors Wolf se retrouva devant la porte de M.
Brul, et devant M. Brul lui-même. Il se passa
la main sur le front et s'assit.

« C'est fait..., dit M. Brul.

— C'est fait, dit Wolf. Sans résultat.

— Comment ? dit M. Brul.

— Ça n'accrochait pas, avec lui, dit Wolf. On n'a dit que des blagues.

— Mais ensuite ? demanda M. Brul. Vous vous êtes tout raconté à vous-même. C'est l'essentiel.

— Ah ? dit Wolf. Oui. Bon. Tout de même, c'est un numéro qu'on aurait pu retirer du plan. C'est vide, sans substance.

— C'est la raison, dit M. Brul pour laquelle je vous ai demandé de passer le voir d'abord. Pour liquider rapidement une chose dénuée d'importance.

— Dénuée totalement, dit Wolf. Ça ne m'avait jamais tourmenté.

— Bien sûr, bien sûr, marmotta M. Brul, mais c'est plus complet comme ça.

— Le Bon Dieu, expliqua Wolf, c'était Ganard, un de mes copains de classe. J'ai vu sa photo. Ça ramène la chose à ses exactes proportions. Au fond, cette conversation n'était pas inutile.

— Maintenant, dit M. Brul, parlons sérieusement.

— Ça se déroule sur tant d'années... dit Wolf. Tout y est mélangé. Il va falloir mettre de l'ordre dans tout ça. »

CHAPITRE XXV

« LE point important, dit M. Brul en détachant
soigneusement les mots, c'est de définir en quoi
vos études ont contribué à votre dégoût de l'existence. Car c'est bien le motif qui vous a amené
ici ?

— C'est à peu près ça, dit Wolf. Pourquoi de
ce côté-là aussi j'ai été déçu.

— Mais d'abord, dit M. Brul, quelle est votre
part de responsabilité dans ces études ? »

Wolf se souvenait très bien qu'il avait voulu
aller en classe. Il le dit à M. Brul.

« Mais, compléta-t-il, il est honnête, je crois,
d'ajouter que si je ne l'avais pas désiré, j'y aurais été quand même.

— Est-ce bien sûr ? demanda M. Brul.

— J'apprenais vite, dit Wolf, et je voulais avoir
des livres de classe, des plumes, un cartable et
du papier, c'est vrai. Mais de toute façon, mes
parents ne m'auraient pas gardé à la maison.

— On peut faire autre chose, dit M. Brul. La
musique. Le dessin.

— Non », dit Wolf.

Il regarda distraitement la pièce. Sur un clas-

seur poudreux trônait un vieux buste en plâtre
auquel une main inexperte avait ajouté une
moustache.

« Mon père, expliqua Wolf, avait interrompu
ses études assez jeune, car ses moyens lui per-
mettaient de s'en passer. C'est pourquoi il tenait
tant à ce que je termine les miennes. A ce que
je les commence, par conséquent.

— Bref, dit M. Brul, on vous a mis au
lycée.

— J'avais envie de camarades de mon âge, dit
Wolf. Cela jouait aussi.

— Et tout s'est bien passé, dit M. Brul.

— Dans une certaine mesure, oui... dit Wolf.
Mais les tendances qui dominaient déjà ma vie
d'enfant se sont développées de plus belle. Enten-
dons-nous bien. D'une part, le lycée m'a libéré,
car il me donnait à voir des êtres humains dont
les habitudes et les manies dérivées de celles de
leur milieu, n'étaient pas identiques à celles de
mon milieu à moi ; ce qui par contrecoup m'a-
mena à douter de l'ensemble et à choisir, entre
toutes, les plus aptes à me satisfaire, pour me
faire une personnalité.

— Sans doute, dit M. Brul.

— D'autre part, continua Wolf, le lycée con-
tribua à renforcer les caractères distinctifs dont
j'ai parlé à M. Perle : désir d'héroïsme d'une
part, veulerie physique d'autre part et décep-

tion corollaire causée par mon incapacité à me laisser aller complètement à l'une ou l'autre des deux.

— Votre goût de l'héroïsme vous poussait à briguer la première place, dit M. Brul.

— Mais ma paresse m'interdisait d'y accéder en permanence, dit Wolf.

— Cela fait une vie équilibrée, dit M. Brul. Où est le mal ?

— C'est un équilibre instable, assura Wolf. Un équilibre épuisant. Un système où toutes les forces agissantes sont nulles m'aurait beaucoup mieux convenu.

— Quoi de plus stable... », commença M. Brul... puis il regarda Wolf d'une façon bizarre, et ne dit rien de plus.

« Mon hypocrisie ne fit que s'accroître, dit Wolf sans sourciller, je n'étais pas hypocrite au sens où l'on est dissimulé : cela se bornait à mon travail. J'avais la chance d'être doué, et je faisais semblant de travailler alors que j'arrivais à dépasser la moyenne sans le moindre effort. Mais on n'aime pas les gens doués.

— Vous voulez qu'on vous aime ? » dit M. Brul sans avoir l'air d'y toucher.

Wolf pâlit et sa figure sembla se refermer.

« Laissons cela de côté, dit-il. Nous parlons études.

— Alors parlons études, dit M. Brul.

— Posez-moi des questions, dit Wolf et je ré-
pondrai.

— Dans quel sens, demanda aussitôt M. Brul,
vos études vous ont-elles formé ? Ne vous
contentez pas de remonter à votre première enfance, je vous en prie. Quel fut le résultat de
tout ce travail — car il y eut un travail de votre
part, et une assiduité, peut-être extérieure, certaine ; or une régularité d'habitudes ne peut manquer d'agir sur un individu lorsqu'elle persiste
un temps assez long.

— Assez long... répéta Wolf. Quel calvaire !
Seize ans... seize ans le cul sur des bancs durs...
seize ans de combines et d'honnêteté alternées.
— Seize ans d'ennui — qu'en reste-t-il ? Des
images isolées, infimes... l'odeur des livres neufs
le premier octobre, les feuilles que l'on dessinait,
le ventre dégoûtant de la grenouille disséquée
en travaux pratiques, avec son odeur de formol,
et les derniers jours de l'année où l'on s'aperçoit
que les professeurs sont des hommes parce qu'ils
vont partir en vacances et que l'on est moins
nombreux. Et toutes ces grandes peurs dont on ne
sait plus la cause, les veilles d'examens... Une régularité d'habitudes... ça se bornait à cela... mais
savez-vous, monsieur Brul, que c'est ignoble,
d'imposer à des enfants une régularité d'habitudes
qui dure seize ans ? Le temps est faussé, monsieur Brul. Le vrai temps n'est pas mécanique, di-

visé en heures, toutes égales... le vrai temps est
subjectif... on le porte en soi... Levez-vous à sept
heures tous les matins... Déjeunez à midi, cou-
chez-vous à neuf heures... et jamais vous n'aurez
une nuit à vous... jamais vous ne saurez qu'il y a
un moment, comme la mer s'arrête de descendre
et reste, un temps, étale, avant de remonter, où la
nuit et le jour se mêlent et se fondent, et forment
une barre de fièvre pareille à celle que font les
fleuves à la rencontre de l'Océan. On m'a volé
seize ans de nuit, monsieur Brul. On m'a fait
croire, en sixième, que passer en cinquième devait
être mon seul progrès... en première, il m'a fallu
le bachot... et ensuite, un diplôme... Oui, j'ai cru
que j'avais un but, monsieur Brul... et je n'avais
rien... J'avançais dans un couloir sans commence-
ment, sans fin, à la remorque d'imbéciles, précé-
dant d'autres imbéciles. On roule la vie dans des
peaux d'ânes. Comme on met dans des cachets
les poudres amères, pour vous les faire avaler sans
peine... mais voyez-vous, monsieur Brul, je sais
maintenant que j'aurais aimé le vrai goût de la
vie. »

M. Brul se frotta les mains sans rien dire, puis
se tira les doigts et les fit craquer vigoureusement,
chose désagréable pensa Wolf.

« Voilà pourquoi j'ai triché, conclut Wolf. J'ai
triché... pour n'être que celui qui réfléchit dans sa
cage, car j'y étais tout de même avec ceux qui

restaient inertes... et je n'en suis pas sorti une seconde plus tôt. Certes, ils ont pu croire que je me soumettais, que je faisais comme eux, et cela satisfaisait mon souci de l'opinion d'autrui.
— Pourtant, tout ce temps-là, je vivais ailleurs... j'étais paresseux et je pensais à autre chose.

— Ecoutez, dit M. Brul, je ne vois point de tricherie là-dedans. Paresseux ou non, vous êtes venu à bout de vos études, et dans un rang honorable. Que vous ayez pensé à autre chose n'implique en rien votre culpabilité.

— Ça m'a usé, monsieur Brul, dit Wolf. Je hais les années d'études parce qu'elles m'ont usé. Et je hais l'usure. »

Il frappa le bureau du plat de la main.

« Regardez, dit-il. Ce vieux bureau. Tout ce qui entoure les études est comme ça. Des vieilles choses sales, poussiéreuses. De la peinture qui tombe en croûtes malsaines. Des lampes pleines de poussière et de chiures de mouches. De l'encre partout. Des trous dans les tables tailladées au canif. Des vitrines avec des oiseaux empaillés, pleins de vers. Des salles de chimie qui empestent, des gymnases minables et mal aérés, du mâchefer dans les cours. Et des vieux professeurs idiots. Des gâteux. Une école de gâtisme. L'instruction... Et tout ça vieillit mal. Ça tourne en lèpre. Ça s'use à la surface et on voit ce qu'il y a dessous. Une matière moche. »

M. Brul parut se renfrogner légèrement et son long nez se plissa avec un soupçon de désapprobation.

« Nous nous usons tous... dit-il.

— Oui certes, répondit Wolf ; pas tout à fait de cette façon. Nous nous exfolions... notre usure vient du centre. C'est moins laid.

— L'usure n'est pas une tare, dit M. Brul.

— Si, répondit Wolf. On doit avoir honte de s'user.

— Mais, objecta M. Brul, tout le monde en est là.

— Qu'importe, dit Wolf, si l'on a vécu. Mais que l'on commence par cela, voilà contre quoi je me suis dressé. Voyez-vous, monsieur Brul, mon point de vue est simple : aussi longtemps qu'il existe un endroit où il y a de l'air, du soleil et de l'herbe, on doit avoir regret de ne point y être. Surtout quand on est jeune.

— Revenons à notre sujet, dit M. Brul.

— Nous y sommes en plein, dit Wolf.

— N'avez-vous rien en vous que vous puissiez mettre à l'actif de vos études.

— Ah !... dit Wolf... Monsieur Brul vous avez tort de me demander cela...

— Pourquoi ? dit M. Brul. Moi, vous savez, ça m'est extraordinairement égal. »

Wolf le regarda et l'ombre d'une déception de plus passa devant ses yeux.

« Oui, dit-il... excusez-moi.

— Cependant, dit M. Brul, je dois le savoir. »
Wolf fit oui avec sa tête et se mordit la lèvre
inférieure avant de commencer.

« On ne vit pas impunément, dit-il, dans un
temps compartimenté sans en retirer le goût facile d'un certain ordre apparent. Et quoi de plus
naturel, ensuite, que de l'étendre à ce qui vous
entoure...

— Rien de plus naturel, dit M. Brul, bien
que vos deux affirmations soient en réalité caractéristiques de votre esprit propre et non de celui
de tous, mais passons.

— J'accuse mes maîtres, dit Wolf, de m'avoir
par leur ton et celui de leurs livres, fait croire
à une immobilité possible du monde. D'avoir figé
mes pensées à un stade déterminé (lequel n'était
point défini, d'ailleurs sans contradictions de leur
part) et de m'avoir fait penser qu'il pouvait exister un jour, quelque part, un ordre idéal.

— Eh bien, dit M. Brul, c'est une croyance
qui peut vous encourager, ne le pensez-vous pas ?

— Lorsque l'on s'aperçoit que l'on n'y accédera
jamais, dit Wolf, et qu'il faut en abandonner la
jouissance à des générations aussi lointaines que
sont les nébuleuses du ciel, cet encouragement se
résout en désespoir et vous précipite au fond de
vous-même comme l'acide sulfurique précipite
les sels de baryum. Cela dit pour rester dans la

note scolaire. Encore dans le cas du baryum le précipité est-il blanc.

— Je sais, je sais, dit M. Brul. Ne vous perdez pas dans des commentaires sans intérêt. »

Wolf le regarda méchamment.

« Ça suffit, dit-il. Je vous en ai assez dit. Débrouillez-vous comme ça. »

M. Brul fronça le sourcil et ses doigts tapotèrent la table.

« Seize ans de votre vie, dit-il, et vous en avez assez dit. C'est tout ce que ça vous a fait. Vous traitez ça par-dessous la jambe.

— Monsieur, Brul, dit Wolf en martelant ses mots, écoutez ce que je vais vous répondre. Ecoutez bien. Vos études, c'est de la blague. C'est ce qu'il y a de plus facile au monde. On essaie de faire croire aux gens, depuis des générations, qu'un ingénieur, qu'un savant, c'est un homme d'élite. Eh bien, je rigole ; et personne ne s'y trompe — sauf les prétendus hommes d'élite eux-mêmes —, monsieur Brul, c'est plus difficile d'apprendre la boxe que les mathématiques. Sinon, il y aurait plus de classes de boxeurs que de classes de calcul dans les écoles. C'est plus difficile de devenir un bon nageur que de savoir écrire en français. Sinon, il y aurait plus de maîtres baigneurs que de professeurs de français. Tout le monde peut être bachelier, monsieur Brul... et d'ailleurs, il y a beaucoup de bacheliers mais comptez le nombre de ceux qui sont capables de prendre part à des épreuves de décathlon. Monsieur Brul, je hais mes études, parce qu'il y a trop d'imbéciles qui savent lire : et ces imbéciles ne s'y trompent pas, qui s'arrachent les journaux sportifs et glorifient les gens du stade. Et mieux vaudrait apprendre à faire l'amour correctement que de s'abrutir sur un livre d'histoire. »

M. Brul leva une main timide.

« Ce n'est pas moi qui dois vous questionner là-dessus, dit-il. Ne sortez pas du sujet, encore une fois.

— L'amour est une activité physique aussi négligée que les autres, dit Wolf.

— Possible, répondit M. Brul, mais on lui consacre en général un chapitre spécial.

— Bon, dit Wolf, n'en parlons plus. Vous savez maintenant ce que j'en pense, de vos études. De votre gâtisme. De votre propagande. De vos livres. De vos classes puantes et de vos cancres masturbés. De vos cabinets pleins de merde et de vos chahuteurs sournois, de vos normaliens verdâtres et lunettards, de vos polytechniciens poseurs, de vos centraux confits dans la bourgeoisie, de vos médecins voleurs et de vos juges véreux... bon sang... parlez-moi d'un bon match de boxe... c'est truqué aussi, mais au moins ça soulage.

— Ça ne soulage que par contraste, dit M. Brul. S'il y avait autant de boxeurs que d'étudiants, on

porterait en triomphe le premier du Concours
général.

— Peut-être, dit Wolf, mais on a choisi de pro-
pager la culture intellectuelle. Tant mieux pour la
physique... Et maintenant, si vous pouviez me
foutre la paix, ça m'arrangerait singulièrement. »

Il prit sa tête dans ses mains et cessa de regarder M. Brul pendant quelques instants. Lorsqu'il
releva les yeux, M. Brul avait disparu et il se trouvait assis au milieu d'un désert de sable doré ;
la lumière semblait sourdre de toutes parts et
un vague bruit de vagues venait de derrière lui.
En se retournant, à cent mètres, il vit la mer,
bleue, tiède, essentielle, et il sentit son cœur
s'épanouir. Il se déchaussa, laissa là ses bottes,
sa veste de cuir et son casque et courut à la rencontre de la frange d'écume brillante qui ourlait
la nappe d'azur. Et soudain tout se brouilla,
se fondit. De nouveau, c'était le tourbillon, le
vide, et le froid glacial de la cage.

CHAPITRE XXVI

WOLF se retrouvait à son bureau, prêtant l'oreille.
Au-dessus de lui, il entendait les pas impa-
tients de Lazuli dans sa chambre. Lil devait s'oc-

cuper de la maison, pas loin de là. Wolf se sentait
cerné, il avait épuisé des tas de distractions en si
peu de temps qu'il ne lui restait plus d'idées, rien
qu'une grande lassitude, rien que la cage d'acier ;
et l'issue de la tentative contre les souvenirs
paraissait douteuse maintenant.

Il se leva, mal dans sa peau, chercha Lil de
pièce en pièce. Elle était agenouillée devant la
caisse du sénateur dans la cuisine. Elle le regardait et ses yeux nageaient dans les larmes.

« Qu'y a-t-il ? » demanda Wolf.

Entre les pattes du sénateur, le ouapiti dormait ; le sénateur bavait, l'œil tertreux et chantait
des bribes de chansons inarticulées.

« C'est le sénateur, dit Lil, et sa voix se cassa.

— Qu'est-ce qu'il a ? dit Wolf.

— Je ne sais pas, dit Lil. Il ne sait plus ce
qu'il dit et il ne répond pas quand on lui parle.

— Mais il a l'air content, dit Wolf. Il chante.

— On dirait qu'il est gâteux », murmura Lil.

Le sénateur remua la queue et un semblant de
compréhension éclaira ses yeux l'espace d'un
éclair.

« Juste ! remarqua-t-il. Je suis gâteux et j'en-
tends le rester. »

Puis il se remit à sa musique atroce.

« Tout va bien, dit Wolf. Tu sais, il est vieux.

— Il avait l'air si content d'avoir un ouapiti,
répondit Lil, pleine de pleurs.

— Etre satisfait ou gâteux, dit Wolf, c'est bien
pareil. Quand on n'a plus envie de rien, autant
être gâteux.

— Oh ! dit Lil. Mon pauvre sénateur.

— Note bien, dit Wolf, qu'il y a deux façons
de ne plus avoir envie de rien : avoir ce qu'on
voulait ou être découragé parce qu'on ne l'a pas.

— Mais il ne va pas rester comme cela ! dit Lil.

— Il t'a dit que si, dit Wolf. C'est la béatitude.
Lui, c'est parce qu'il a ce qu'il voulait. Je crois
que dans les deux cas, ça finit par l'inconscience.

— Ça me tue », dit Lil.

Le sénateur fit un ultime effort.

« Ecoutez, dit-il, je vais avoir une dernière
lueur. Je suis content. Vous comprenez ? Moi, je
n'ai plus besoin de comprendre. C'est du contentement intégral, c'est donc végétatif, et ce seront
mes paroles finales. Je reprends contact... Je
reviens aux sources... du moment que je suis
vivant et que je ne désire plus rien, je n'ai plus
besoin d'être intelligent. J'ajoute que j'aurais dû
commencer par là. »

Il se lécha le nez avec gourmandise et produisit
un son incongru.

« Je fonctionne, dit-il. Le reste c'est de la rigo-
lade. Et maintenant, je rentre dans le rang. Je
vous aime bien, je continuerai peut-être à vous
comprendre mais je ne dirai plus rien. J'ai mon
ouapiti. Trouvez le vôtre. »

Lil se moucha et caressa le sénateur qui remua la queue, posa son nez sur le cou du ouapiti et s'endormit.

« Et s'il n'y en avait pas pour tout le monde, des ouapitis ? » dit Wolf.

Il aida Lil à se relever.

« Oh ! dit-elle, je ne peux pas m'y faire.

— Lil, dit Wolf. Je t'aime tant. Pourquoi est-ce que ça ne me rend pas aussi heureux que le sénateur ?

— C'est que je suis trop petite, dit Lil en se serrant contre lui. Ou alors, tu vois mal les choses. Tu les prends pour d'autres. »

Ils quittèrent la cuisine et allèrent s'asseoir sur un grand divan.

« J'ai presque tout essayé, dit Wolf, et il n'y a rien que j'aie envie de refaire.

— Pas même m'embrasser ? dit Lil.

— Si, dit Wolf en le faisant.

— Et ta vieille machine horrible ? dit Lil.

— Ça me fait peur, murmura Wolf. La façon dont on repense aux choses là-dedans... »

Il eut une crispation de déplaisir dans la région du cou.

« C'est fait pour oublier, mais d'abord on repense à tout, continua-t-il. Sans rien omettre. Avec encore plus de détails. Et sans éprouver ce qu'on éprouvait.

— C'est si ennuyeux ? dit Lil.

— C'est tuant, de traîner avec soi ce qu'on a été avant, dit Wolf.

— Tu ne veux pas m'emmener moi ? dit Lil en le câlinant.

— Tu es jolie, dit Wolf. Tu es gentille. Je t'aime. Et je suis déçu.

— Tu es déçu ? répéta Lil.

— C'est pas possible que ça ne soit que ça, dit Wolf avec un geste vague, le plouk, la machine, les Amoureuses, le travail, la musique, la vie, les autres gens...

— Et moi ? dit Lil.

— Oui, dit Wolf. Il y aurait bien toi, mais on ne peut pas être dans la peau d'un autre. Ça fait deux. Tu es complète. Toi entière, c'est trop ; et tout vaut d'être gardé, alors il faut bien que tu sois différente.

— Mets-toi dans ma peau avec moi, dit Lil. Moi je serai heureuse, rien que nous deux.

— C'est pas possible, dit Wolf. On ne peut pas se mettre dans la peau d'un autre sauf en le tuant et en l'écorchant pour la lui prendre.

— Ecorche-moi, dit Lil.

— Après, dit Wolf, je ne t'aurai pas plus ; ça sera toujours moi dans une autre peau.

— Oh ! dit Lil toute triste.

— C'est ça, quand on est déçu, dit Wolf. C'est qu'on peut être déçu avec tout. C'est irrémédiable, ça marche à tout coup.

— Tu n'as plus du tout d'espoir ? dit Lil.

— Cette machine... dit Wolf. J'ai cette machine. Après tout, je n'y ai pas été tellement long-temps.

— Quand vas-tu y retourner ? dit Lil. J'ai tel-lement peur de la cage. Et tu ne me dis rien.

— Je remets ça demain, dit Wolf. Maintenant, il faut que j'aille travailler. Quant à te dire quel-que chose, je ne peux pas.

— Pourquoi ? » demanda Lil.

La figure de Wolf se ferma.

« Parce que je ne me rappelle rien, dit-il. Je sais qu'une fois dedans, les souvenirs reviennent ; mais la machine est là pour les détruire juste aus-sitôt.

— Ça ne te fait pas peur, demanda Lil, de dé-truire tous tes souvenirs.

— Oh ! dit Wolf évasivement, je n'ai encore rien détruit d'important. »

Il prêta l'oreille. La porte du dessus, chez La-zuli, venait de claquer et cela faisait un grand bruit de pas dans l'escalier. Ils se levèrent et regar-dèrent par la fenêtre. Lazuli s'éloignait presque en courant, dans la direction du Carré. Avant d'y arriver, il se jeta dans l'herbe rouge et cacha sa tête dans ses mains.

« Monte voir Folavril, dit Wolf. Qu'est-ce qu'il y a ? Il est surmené.

— Tu ne vas pas le consoler, dit Lil.

— Ça se console tout seul, un homme », dit Wolf en rentrant dans son bureau.

Il mentait avec naturel et sincérité. Ça se console exactement comme une femme.

CHAPITRE XXVII

Lil était un peu gênée d'aller proposer des encouragements à Folavril, parce que ce n'est pas discret, mais, d'autre part, Lazuli ne partait pas comme cela d'habitude, et en courant, il avait eu la démarche d'un homme terrorisé plutôt que celle d'un homme en colère.

Lil sortit sur le palier et monta les dix-huit marches. Elle tapa chez Folavril. Le pas de Folavril vint lui ouvrir et Folavril lui dit bonjour.

« Qu'est-ce qu'il y a ? demanda Lil. Est-ce que Lazuli a peur ou est-ce qu'il est malade ?

— Je ne sais pas, dit Folavril, toujours douce et fermée. Il est parti tout d'un coup.

— Je ne veux pas être indiscrète, dit Lil. Mais il avait l'air différent.

— Il m'embrassait, expliqua Folavril, et puis il a encore vu quelqu'un et cette fois, il n'a pas pu tenir. Il est parti.

— Et il n'y avait personne ? dit Lil.

— Moi, ça m'est égal, dit Folavril. Mais lui a sûrement vu quelqu'un.

— Que faire ? dit Lil.

— Je crois qu'il a honte de moi, dit Folavril.

— Non, dit Lil, il doit avoir honte d'être amoureux.

— Je n'ai pourtant jamais dit de mal de sa mère, protesta Folavril.

— Je vous crois, dit Lil. Mais que faire ?

— J'hésite à aller le rechercher, dit Folavril. J'ai l'impression d'être la cause d'un martyre pour lui ; et je ne veux pas le martyriser.

— Que faire... répéta Lil. Je peux aller le chercher moi, si vous voulez.

— Je ne sais pas, dit Folavril. Quand il est près de moi, il a tellement envie de me toucher de m'embrasser, de me prendre, je le sens, et moi j'aimerais bien qu'il le fasse ; et puis il n'ose pas, il a peur que cet homme revienne, pourtant ça ne fait rien, moi ça m'est égal puisque je ne le vois pas ; mais lui, ça le paralyse ; et maintenant, c'est pire, il a peur.

— Oui, dit Lil.

— Et bientôt, dit Folavril, ça le mettra en colère parce qu'il a de plus en plus envie de moi. Et moi de lui.

— Vous êtes trop jeunes pour ça tous les deux », dit Lil.

Folavril se mit à rire, d'un joli rire léger et bref.

« Vous êtes trop jeune aussi pour ce ton-là »,
observa-t-elle.

Lil eut un sourire, mais pas joyeux.

« Je ne veux pas poser pour les grand-mères,
dit-elle, mais je suis mariée depuis quelques années à Wolf.

— Lazuli n'est pas la même chose, dit Folavril. Je ne veux pas dire qu'il est mieux ; il est
tourmenté par autre chose que Wolf ; mais Wolf
est tourmenté aussi, ne me dites pas le contraire.

— Oui », dit Lil.

Folavril lui disait à peu près ce que venait de
lui dire Wolf et ça lui semblait curieux.

« Tout serait si simple, soupira-t-elle.

— Oui, dit Folavril, mais il y a tant de choses
simples, c'est l'ensemble qui devient compliqué,
et que l'on perd de vue. Il faudrait pouvoir regarder tout ça de très haut.

— Et alors, dit Lil, on sera effrayé de voir que
tout est très simple, mais qu'il n'y a pas de re-
mède et qu'on ne peut pas dissiper l'illusion sur
place.

— C'est probable, dit Folavril.

— Que fait-on quand on est effrayé ? dit Lil.

— On fait comme Lazuli, dit Folavril. On a
peur et on se sauve.

— Ou une autre fois, on se met en colère, murmura Lil.

— C'est ce qu'on risque », dit Folavril.

Elles se turent.

« Mais que pourrait-on faire pour les intéresser de nouveau à quelque chose ? dit Lil.

— Je fais de mon mieux, dit Folavril. Vous aussi. Nous sommes jolies, nous essayons de les laisser libres, nous essayons d'être aussi bêtes qu'il faut puisqu'il faut qu'une femme soit bête — c'est la tradition — et c'est aussi difficile que n'importe quoi, nous leur laissons notre corps, et nous prenons le leur ; c'est honnête au moins, et ils s'en vont parce qu'ils ont peur.

— Et ils n'ont même pas peur de nous, dit Lil.

— Ça serait trop beau, dit Folavril. Même leur peur, il faut qu'elle vienne d'eux. »

Le soleil rôdait autour de la fenêtre et lançait par instant un grand éclair blanc sur le parquet poli.

« Pourquoi est-ce que nous résistons mieux ? demanda Lil.

— Parce que nous avons un préjugé contre nous, dit Folavril et ça nous donne à chacune la force d'un ensemble. Et ils croient qu'on est compliquées à cause de cet ensemble. C'est ce que je vous ai dit.

— Alors ils sont bêtes, dit Lil.

— Ne les généralisez pas, à leur tour, dit Folavril. Ça va les rendre compliqués aussi. Et chacun d'eux ne le mérite pas. Il ne faut jamais penser « les hommes ». Il faut penser « Lazuli » ou

« Wolf ». Eux pensent toujours « les femmes »,
c'est ça qui les perd.

— Où avez-vous pêché tout ça ? demanda Lil,
étonnée.

— Je ne sais pas, dit Folavril. Je les écoute.
D'ailleurs ce que je dis doit être idiot.

— Peut-être, dit Lil, mais c'est clair, en tout
cas. »

Elles s'approchèrent de la fenêtre. Là-bas, sur
l'herbe écarlate, la tache beige du corps de Lazuli faisait un trou en relief. Une bosse, disent
certains. Et il y avait Wolf, agenouillé près de
lui, une main sur son épaule. Il se penchait vers
lui, il devait lui parler.

CHAPITRE XXVIII

C'ETAIT un autre jour. Dans la chambre de Lazuli qui sentait bon le bois du nord et la résine,
Folavril rêvassait. Lazuli allait revenir.

Au plafond couraient des rainures à peu près
parallèles, le fil du bois, taché de nœuds sombres
et plus lisses, cirés par le métal de la scie.

Le vent traînait dehors dans la poussière de la
route et rôdait à l'entour des haies vives. Il ridait
l'herbe écarlate en vagues sinueuses dont la crête

écumait de petites fleurs nouvelles. Le lit de Lazuli était frais sous le corps de Folavril. Elle avait retourné la couverture pour que son cou soit au contact du lin de l'oreiller.

Lazuli viendrait. Il s'allongerait près d'elle et passerait son bras derrière ses cheveux blonds. La main droite de Lazuli tiendrait l'épaule qu'elle tâta doucement.

Il était timide.

Des rêves couraient devant Folavril ; au passage, elle y accrochait ses yeux ; paresseuse, elle ne les suivait jamais jusqu'au bout. A quoi bon rêver puisque Lazuli viendrait, qu'il n'était pas un rêve. Folavril vivait réellement. Son sang battait, elle le sentait sous son doigt le long de sa tempe, elle aimait fermer et ouvrir ses mains pour détendre ses muscles. En ce moment même elle n'avait plus conscience de sa jambe gauche, endormie et elle retardait le moment de la remuer parce qu'elle savait la sensation qu'elle éprouverait à ce moment-là et c'était double plaisir que de l'éprouver d'avance.

Le soleil matérialisait l'air en millions de points d'air où dansaient quelques bêtes ailées. Parfois, elles disparaissaient subitement dans un rayon d'ombre vide, comme avalées, et Folavril ressentait chaque fois un petit pincement au cœur. Et puis elle revenait à son rêve et cessait de prêter attention à la danse des paillettes brillantes. Elle

entendait les bruits familiers de la maison, des
portes, en dessous, qui se fermaient, l'eau que
l'on prenait chantait dans les tuyaux, et à travers
la porte fermée, elle entendait le claquement irré-
gulier de la corde que l'on tirait pour ouvrir le
vasistas du couloir sonore et qui était agitée par
un courant d'air variable.

On sifflait dans le jardin. Folavril bougea sa
jambe et sa jambe se recomposa cellule par cellule ;
il y eut un moment où le grouillement des cellules
fut presque intolérable. C'était délicieux. Elle
s'étira avec un petit gémissement de plaisir.

Lazuli monta l'escalier sans se presser et Folavril sentit son cœur se réveiller. Il ne battait pas
plus vite — au contraire, il prenait un rythme
stable, solide, et puissant. Elle sentait ses joues
rosir et soupira de contentement. C'était vivre.

Lazuli toqua à la porte et entra. Il se découpait
sur le panneau de vide, avec ses cheveux sablés,
ses épaules larges et sa taille mince. Il portait sa
combinaison de toile cachou et la chemise
ouverte. Ses yeux étaient gris comme le gris métallique de certains émaux, sa bouche bien dessinée
avec une petite ombre sous la lèvre inférieure, et
les lignes de son cou musclé donnaient au col de
sa chemise un mouvement romantique.

Il leva une main et s'appuya au chambranle. Il
regardait Folavril étendue sur le lit. Elle souriait,
les paupières à demi baissées. Il ne voyait de ses

yeux qu'un point brillant sous les cils frisés. Elle
avait la jambe gauche pliée en angle soulevant
sa robe légère, et Lazuli suivait, troublé, la ligne
de l'autre jambe, depuis le petit soulier découpé
jusqu'à l'ombre au-delà du genou.

« Bonjour... dit Lazuli sans faire un pas.

— Bonjour toi », dit Folavril.

Il ne bougeait pas. Les mains de Folavril se
portèrent à son collier de fleurs jaunes qu'elles
défirent doucement. A bout de bras sans quitter
Lazuli des yeux, elle laissa couler le fil pesant
sur le plancher. Maintenant elle enlevait un soulier, sans hâte, tâtonnant un peu autour de la
boucle chromée.

Elle s'arrêta et le talon fit un choc léger par
terre et elle défit l'autre boucle.

Lazuli respirait plus fort. Fasciné, il suivait les
gestes de Folavril. Elle avait des lèvres juteuses
et écarlates comme l'ombre à l'intérieur d'une
fleur chaude.

Maintenant, elle roulait jusqu'à la cheville un
bas aux mailles impalpables, qui se densifia en
petit flocon gris. Un second flocon le suivit et
tous deux rejoignirent les souliers.

Les ongles des pieds de Folavril étaient laqués
de nacre bleue.

Elle portait une robe de soie boutonnée sur le
côté de l'épaule au mollet. Elle commença par
l'épaule et dégagea deux des boutons. Puis elle

revint à l'autre extrémité, libérant trois attaches
— une en haut, une en bas, deux de chaque côté.
Il en restait une seule, à la ceinture. Les pans de
la robe retombaient des deux côtés de ses genoux
polis, et à l'endroit de ses jambes où tombait le
soleil, on voyait trembler un duvet doré.

Un double triangle de dentelle noire s'accrocha
à la lampe de chevet, et il n'y avait plus que le dernier bouton à défaire car le léger vêtement mousseux que Folavril portait encore au terme de son
ventre plat faisait partie intégrante de sa personne.

Le sourire de Folavril attira soudain tout le
soleil de la chambre. Fasciné, Lazuli s'approcha,
les bras ballants, incertain. A ce moment, Folavril
se dégagea complètement de sa robe et, comme
épuisée resta immobile les bras en croix. Pendant
le temps que Lazuli mit à se déshabiller, elle ne
fit pas un mouvement, mais ses seins durs, épa-
nouis par leur position de repos érigeaient
inexorablement leur pointe rose.

CHAPITRE XXIX

Il s'allongea près d'elle et l'enlaça. Folavril, se
tournant sur le côté, lui rendit ses baisers. Elle
lui caressait les joues de ses mains fines et ses

lèvres suivaient les cils de Lazuli les effleurant
de justesse. Lazuli, frémissant, sentait une grande
chaleur se fixer dans ses reins et prendre la forme
stable du désir. Il ne voulait pas se presser, il
ne voulait pas laisser aller toute seule son envie
de chair, et il y avait autre chose, une réelle
inquiétude qui creusait derrière son front et
l'empêchait de s'abandonner. Il fermait les yeux,
le doux murmure de la voix de Folavril l'endor-
mait d'un faux sommeil sensuel. Il était étendu
sur le flanc droit, elle tournée vers lui. En levant
la main gauche, il rencontra le haut de son bras
blanc et suivit son bras jusqu'à l'aisselle blonde à
peine habillée d'une touffe de crin menu et élastique. En ouvrant les yeux il vit une perle de
sueur transparente et liquide rouler le long du
sein de Folavril et se pencha pour la goûter ; elle
avait le goût de lavande salée ; il posa ses lèvres
sur la peau tendue et Folavril, chatouillée, colla
son bras à son côté en riant. Lazuli glissa sa main
droite sous les longs cheveux et la saisit par le
cou. Les seins pointés de Folavril se nichèrent
contre sa poitrine à lui, elle ne riait plus, elle
avait la bouche à demi entrouverte et l'air plus
jeune encore que d'habitude, comme un bébé qui
va s'éveiller.

Au-dessus de l'épaule de Folavril, il y avait un
homme, l'air triste, et qui regardait Lazuli.

Il ne bougea pas. Sa main chercha doucement

derrière lui. Le lit était bas et il put atteindre son
pantalon tombé tout près. Attaché à la ceinture,
il trouva le poignard court dont la lame portait
une profonde cannelure, son poignard de quand
il était scout.

Des yeux, il ne quittait pas l'homme. Folavril
immobile soupirait, ses dents brillaient entre ses
lèvres offertes. Lazuli dégagea son bras droit.
L'homme ne remuait pas, il était debout près du
lit, de l'autre côté de Folavril. Lentement, sans
le perdre de vue, Lazuli s'agenouilla et fit passer
son couteau dans sa bonne main. Il transpirait,
des gouttelettes apparurent sur ses tempes et sur
sa lèvre supérieure. Ses yeux le piquaient à cause
de la sueur. D'un geste vif de la main gauche, il
crocha le col de l'homme et le coucha sur le lit.
Il se sentait une force sans limites. L'homme restait inerte, comme un cadavre, et à de certains
indices Lazuli sentit qu'il allait se dissoudre dans
l'air, s'évanouir sur place. Alors, sauvagement, il
le poignarda au cœur, par-dessus le corps de
Folavril qui murmurait des mots de calme. Son
geste fit un bruit sourd, comme un choc sur un
tonneau de sable et la lame pénétra jusqu'à la
garde, imprimant le tissu dans la blessure. Lazuli
retira l'arme — un sang gluant se figeait déjà sur la
lame. Lazuli l'essuya au revers du veston de
l'homme.

Reposant son couteau à portée, il poussa le

corps inerte jusqu'à l'autre bord du lit. Le cadavre glissa sur le tapis, sans bruit Lazuli passa son avant-bras droit sur son front ruisselant. Il avait dans tous ses muscles une puissance sauvage prête à bouillir. Il éleva sa main devant ses yeux pour voir si elle tremblait. Elle était dure et tranquille comme une main d'acier.

Dehors, le vent commençait à se lever. Des tourbillons de poussière montaient obliquement du sol et couraient sur les herbes. Le vent s'accrochait aux poutres et aux angles du toit, et à chaque endroit, laissait vivre une petite plainte hululée, une effilure sonore. La fenêtre du couloir claquait sans prévenir. Devant le bureau de Wolf, l'arbre s'agitait et bruissait incessamment.

Dans la chambre de Lazuli, tout était calme. Le soleil tournait peu à peu et commençait à libérer les couleurs d'une image au-dessus de la commode. Une jolie image, la coupe d'un moteur d'avion avec le vert pour l'eau, le rouge pour l'essence, le jaune pour les gaz brûlés et le bleu pour l'air d'admission. A l'endroit de la combustion, la superposition du rouge et du bleu donnait un beau pourpre couleur de foie cru.

Les yeux de Lazuli se posèrent sur Folavril. Elle avait cessé de sourire. Elle avait l'air d'un enfant frustré sans motif.

Le motif gisait dans la ruelle, saignant un sang épais par une fente noire à la hauteur du cœur.

Lazuli, délivré, se pencha sur Folavril. Il posa un
baiser imperceptible sur son cou de profil et ses
lèvres descendirent le long de l'épaule offerte,
gagnèrent le flanc à peine ondulé par la place
des côtes, plongèrent au creux de la taille et
remontèrent sur la hanche. Folavril, couchée sur
le flanc gauche, se laissa soudain aller sur le dos
et la bouche de Lazuli s'appuyait à la ligne de
l'aine ; sous la peau transparente, une veine faisait une fine ligne bleue, estompée. Les mains de
Folavril saisirent la tête de Lazuli et la guidèrent
— mais déjà Lazuli rompait le contact et se
redressait, sauvage.

Au pied du lit, debout devant lui, il y avait un
homme, vêtu de sombre, l'air triste, et qui les
regardait.

Se ruant sur le poignard, Lazuli bondit et frappa. Au premier coup, l'homme ferma les yeux.
Ses paupières tombèrent net comme des couver-
cles de métal. Il restait debout ; il fallut que Lazuli lui plongeât une seconde fois sa lame entre
les côtes pour que le corps oscille et s'écroule au
pied du lit comme une drisse cassée.

Son poignard à la main, nu, Lazuli considérait
le cadavre lugubre avec une grimace de haine
et de rage. Il n'osa pas lui donner un coup de
pied.

Folavril, assise sur le lit, regarda Saphir avec
inquiétude. Ses cheveux blonds rejetés d'un côté

cachaient à moitié sa figure et elle penchait la tête de l'autre côté, pour voir mieux.

« Viens, dit-elle à Lazuli en lui tendant une main, viens, laisse ça, tu te feras du mal.

— Ça en fait deux de moins », dit Lazuli.

Il avait la voix plate qu'on a dans un rêve.

« Calme-toi, dit Folavril. Il n'y a rien, Je t'assure. Il n'y a plus rien. Détends-toi. Viens près de moi. »

Lazuli baissa le front d'un air découragé. Il vint s'asseoir près de Folavril.

« Ferme les yeux, dit-elle. Ferme les yeux et pense à moi... et prends-moi, maintenant, prends-moi, je t'en prie, j'ai trop envie de toi. Saphir, mon chéri. »

Lazuli gardait à la main son poignard. Il le posa derrière l'oreiller et, renversant Folavril, se glissa vers elle. Elle s'attachait à lui comme une plante blonde et murmurait des mots pour le calmer.

Il n'y avait plus que le bruit de leurs respirations mêlées dans la chambre, et la plainte du vent qui geignait au-dehors et giflait les arbres à grandes claques sèches. Maintenant, le soleil se voilait par moments de nuages rapides, chassés les uns contre les autres comme des grévistes par la police.

Les bras de Lazuli enserraient étroitement le torse nerveux de Folavril. En ouvrant les

yeux, il vit contre sa chair, les seins de Folavril
gonflés par leur étreinte et la ligne d'ombre
qu'ils faisaient entre eux, une ligne arrondie et
moite.

Une autre ombre le fit tressaillir. Le soleil
revenu subitement, découpait en noir contre la
fenêtre la silhouette d'un homme vêtu de sombre,
l'air triste, et qui le regardait.

Lazuli gémit doucement et serra plus fort la
fille dorée. Il voulait refermer ses paupières,
mais elles refusèrent d'obéir. L'homme ne
bougeait pas. Indifférent, à peine réprobateur,
il attendait.

Lazuli lâcha Folavril. Il tâtonna derrière l'oreiller et retrouva son couteau. Soigneusement, il
visa, le lança.

L'arme se planta d'un jet dans le cou blême de
l'homme. Le manche ressortait et du sang se mit
à couler. Impassible, l'homme restait là. Lorsque
le sang atteignit le parquet, il chancela et tomba
d'un bloc. Au moment où il prit contact avec le
sol, le vent gémit plus fort et couvrit le bruit de
la chute, mais Lazuli sentit la vibration du parquet. Il s'arracha aux bras de Folavril qui vou-
laient le retenir et, titubant, se dirigea vers
l'homme. D'un geste brutal, il retira le couteau
de la plaie.

Lorsqu'il se retourna, grinçant des dents, il vit,
à sa gauche, un homme sombre identique aux

trois autres. Le poignard levé, il se jeta sur lui. Cette fois, il le frappa d'en haut, lui plongeant sa lame entre les deux épaules. Et, à ce moment, un homme surgit à sa droite, puis un autre devant lui.

Folavril, assise sur le lit, les yeux agrandis par l'horreur, tenait sa bouche pour rester calme. Lorsqu'elle vit Lazuli retourner son arme contre lui et se fouiller le cœur elle se mit à hurler. Saphir s'abattit sur les genoux. Il faisait un effort pour relever la tête et sa main, rouge jusqu'au poignet, mit son empreinte sur le parquet nu. Il grognait comme une bête et sa respiration faisait un bruit d'eau. Il voulut dire quelque chose et se mit à tousser. Du sang éclaboussait le sol à chaque quinte, en milliers de points écarlates. Il eut une sorte de sanglot qui tira le coin de sa bouche vers le bas, et son bras céda. Il s'effondra. Le manche du couteau heurta le sol de front et la lame bleue ressortit dans son dos nu, soulevant la peau avant de la crever. Il ne bougeait plus.

Alors, d'un coup, tous les cadavres furent visibles pour Folavril. Il y avait le premier, étendu le long du sommier, il y avait celui qui dormait au pied, celui de la fenêtre avec sa plaie affreuse au cou... et chaque fois elle lisait la même plaie sur le corps de Lazuli. Il avait tué le dernier homme d'un coup de couteau dans l'œil et lorsqu'elle se jeta sur son ami pour le ranimer, elle vit que son œil droit n'était plus qu'un cloaque noir.

Dehors il se faisait maintenant une grande rumeur vague sous un jour blême d'avant l'orage.

Folavril se taisait. Sa bouche tremblait comme si elle avait froid. Elle se leva, se rhabilla machinalement. Ses yeux ne quittaient pas les cadavres dans la pièce, tous pareils. Elle regarda mieux.

Un des hommes sombres, à plat ventre, se trouvait à peu près dans la même position que Lazuli et leurs deux profils paraissaient curieusement semblables. Le même front, le même nez. Le chapeau de l'homme avait roulé par terre, découvrant une chevelure pareille. Folavril sentait son esprit s'en aller. Elle pleurait sans bruit, de tous ses yeux, elle n'osait plus bouger. Tous les hommes étaient identiques à Lazuli. Et puis le corps du premier mort parut moins net. Les contours s'adoucirent dans une brume foncée. La métamorphose s'accéléra. Devant elle, le corps se mit à se dissoudre. Les habits noirs s'effilochèrent en traînées d'ombre. Avant qu'il disparaisse, elle eut le temps de voir que le corps de l'homme était bien le même que celui de Lazuli mais il fondait, et la fumée grise filait au ras du plancher, filait par les fentes de la fenêtre. Déjà la transformation du second cadavre avait commencé. Folavril, terrassée par la crainte, attendait sans un geste. Elle osa regarder Lazuli. Sur sa peau brûlée, les plaies disparaissaient une à une à mesure que les hommes, un à un, se transformaient en brouillard.

Lorsqu'il n'y eut plus dans la chambre que Folavril et Lazuli, le corps de ce dernier était redevenu jeune et beau dans la mort comme il l'avait été de son vivant. Son visage était détendu, intact. L'œil droit brillait, terne, sous les longs cils baissés. Seul, un petit triangle d'acier bleu marquait le dos puissant d'une tache insolite.

Folavril fit un pas vers la porte. Rien ne bougea. Une dernière trace de vapeur grise se glissa, insinuante, sur l'appui de la fenêtre. Alors, elle courut vers la porte, l'ouvrit et la referma en un instant, et se précipita dans le couloir, vers l'escalier. A ce moment, le vent se déchaîna dehors, avec un coup de tonnerre terrible et une pluie lourde, brutale, qui sonnait contre les tuiles. Il y eut un grand éclair, le tonnerre de nouveau, Folavril descendait l'escalier en courant, elle atteignit la chambre de Lil et entra. Là, elle ferma les yeux. Il venait d'y avoir une lueur plus forte que toutes les autres, suivie immédiatement d'un éclat de bruit presque intolérable. La maison trembla sur sa base comme si un poing formidable venait de s'abattre sur le toit. Et tout d'un coup, le silence total régna, lui laissant les oreilles bourdonnantes comme lorsqu'on a plongé dans une eau trop profonde.

CHAPITRE XXX

MAINTENANT, Folavril reposait sur le lit de son amie. Lil, assise près d'elle, la regardait avec une pitié tendre. Folavril pleurait encore un peu, reniflant à gros sanglots oppressants et tenait la main de Lil.

« Qu'est-ce qu'il y a eu ? dit Lil. Ce n'est qu'un orage. Folle, il ne faut pas prendre ça au tragique.

— Lazuli est mort... » dit Folavril.

Et ses larmes s'arrêtèrent. Elle s'assit sur le lit. Elle avait des yeux vagues, l'air de ne pas comprendre.

« Allons, dit Lil. Ce n'est pas possible. »

Elle éprouvait un ralentissement général de tous les réflexes. Lazuli n'était pas mort, Folavril devait se tromper.

« Il est mort, là-haut, dit Folavril. Couché par terre, nu, avec la lame qui sort de son dos. Et tous les autres sont partis.

— Quels autres ? » dit Lil.

Est-ce que Folavril délirait ou non. Sa main n'était pas si chaude.

« Les hommes en noir, dit Folavril. Il a essayé de les tuer, tous, et quand il a vu qu'il ne pouvait pas, il s'est tué lui-même. Et moi à ce moment-là, je les ai vus. Et mon Lazuli, je croyais qu'il était fou... mais je les ai vus, Lil, je les ai vus quand il est tombé.

— Comment étaient-ils ? » demanda Lil.

Elle n'osait pas parler de Lazuli. Lazuli encore là-haut avec cette lame. Mort. Elle se leva sans attendre la réponse.

« Il faut y aller... dit-elle.

— Je n'ose pas... dit Folavril. Ils ont fondu... comme une fumée, et ils étaient tous pareils à Lazuli. Tous pareils. »

Lil haussa les épaules.

« C'est de l'enfantillage, dit-elle. Qu'est-ce qu'il y a eu ? Vous n'avez pas voulu de lui, et alors il s'est tué... C'est ça ? »

Folavril la regarda, stupéfaite.

« Oh ! Lil ! » dit-elle en se remettant à pleurer.

Lil se leva.

« On ne peut pas le laisser tout seul là-haut, murmura-t-elle. Il faut le descendre. »

Folavril se leva à son tour.

« Je viens avec vous. »

Lil était hébétée et vague.

« Lazuli n'est pas mort, murmura-t-elle. On ne meurt pas comme ça.

— Il s'est tué... dit Folavril. Et j'aimais tellement quand il m'embrassait.

— La pauvre gosse, dit Lil.

— Ils sont trop compliqués, dit Folavril. Oh !
Lil, je voudrais tellement que ça ne soit pas
arrivé, qu'on soit hier... ou juste avant, quand
il me tenait... Oh !... Lil... »

Elle suivait Lil qui ouvrait la porte et sortit.
Elle écouta, puis délibérément monta l'escalier.
En haut, il y avait la chambre de Folavril à gauche
et celle de Lazuli à droite. Il y avait la chambre
de Folavril... Là à gauche... et il y avait...

« Folavril, dit Lil, qu'est-ce qui s'est passé ?

— Je ne sais pas », dit Folavril en s'accrochant à
elle.

A l'endroit où s'était trouvée la chambre de
Lazuli, il ne restait plus rien que le toit de la
maison, maintenant en contrebas du couloir qui
ressemblait à une loggia.

« La chambre de Lazuli ? demanda Lil.

— Je ne sais pas, dit Folavril. Lil, je ne sais
pas. Je veux m'en aller. Lil, j'ai peur. »

Lil ouvrit la porte de l'appartement de Folavril. Rien n'avait bougé ; la coiffeuse, le lit, le
placard. L'ordre, et le léger parfum de jasmin.
Elles ressortirent. Du couloir, on voyait maintenant les tuiles de la moitié du toit, il y en avait
une un peu cassée dans la sixième rangée.

« C'est la foudre... dit Lil. C'est la foudre qui
a volatilisé Lazuli et sa chambre.

— Non », dit Folavril.

Maintenant, ses yeux étaient secs. Elle se raidit.

« Ça a toujours été comme ça... se força-t-elle à dire. Il n'y avait pas de chambre, et Lazuli n'existe pas. Et je n'aime personne. Et je veux m'en aller, Lil, il faut venir avec moi.

— Lazuli... » murmura Lil, abasourdie.

Frappée de stupeur, elle redescendit l'escalier. En ouvrant la porte de sa chambre, elle osait à peine toucher la poignée, de peur que tout ne se réduise en ombre. En passant devant la fenêtre, elle frissonna.

« Cette herbe rouge, dit-elle, c'est sinistre. »

CHAPITRE XXXI

ARRIVÉ au bord de l'eau, Wolf respira profondément l'air salé et s'étira. A perte de vue, l'Océan s'étendait, mobile, calme, et le sable plat. Wolf acheva de se déshabiller et entra dans la mer. Elle était chaude et délassante, et sous ses pieds nus, c'était comme un velours gris beige. Il entra. La grève s'abaissait insensiblement en pente douce, et il lui fallut avancer longtemps pour avoir de l'eau jusqu'aux épaules. Elle était pure et transparente ; il voyait ses pieds blancs

plus gros qu'en réalité, et les petits nuages de
sable soulevés par ses pas. Et puis il se mit à
nager, la bouche à demi ouverte pour goûter le
sel brûlant, plongeant, de temps en temps, afin
de se sentir tout entier dans l'eau. Il s'ébattit
longuement et revint vers le rivage. Maintenant,
à côté de ses vêtements il y avait deux formes
noires, immobiles sur de grêles pliants aux pieds
jaunes. Comme elles lui tournaient le dos, il
n'eut pas honte de sortir nu et s'approcha d'elles
pour se rhabiller. Lorsqu'il fut décent, comme
averties par un instinct secret, les deux vieilles
dames se retournèrent. Elles portaient des
chapeaux informes de paille noire et des châles
décolorés comme en ont les vieilles dames au
bord de la mer. Chacune tenait un sac à ouvrage
au point de croix avec un fermoir en simili écaille
blonde. La plus vieille avait des bas de coton
blanc dans des gamiroles éculées, genre Charles IX
en cuir gris sale. L'autre était chaussée de vieilles
espadrilles et sous ses bas de fil noir, on voyait
la trace de bandages à varices. Entre elles deux,
Wolf aperçut une petite plaque de cuivre gravée.
Celle aux souliers plats s'appelait Mlle Héloïse
et l'autre Mlle Aglaé. Elles avaient des pince-nez
d'acier bleu.

« Vous êtes M. Wolf ? dit Mlle Héloïse.

— Nous sommes chargées de vous interroger.

— Oui, approuva Mlle Aglaé, de vous interroger. »

Wolf fit un gros effort de mémoire pour se rappeler le plan, qui lui sortait un peu de l'esprit, et frémit d'horreur.

« De... de m'interroger sur l'amour ?

— Parfaitement, dit Mlle Héloïse, nous sommes des spécialistes.

— Des spécialistes », conclut Mlle Aglaé.

Elle s'aperçut, à temps, qu'on voyait un peu trop ses chevilles et tira pudiquement sa robe.

« Je ne peux rien vous dire... murmura Wolf... jamais je n'oserai...

— Oh ! dit Héloïse, nous pouvons tout entendre.

— Tout ! » assura Aglaé.

Wolf regarda le sable, la mer et le soleil.

« On ne va pas parler de ça sur cette plage », dit-il.

C'est pourtant sur une plage qu'il avait éprouvé un de ses premiers étonnements. Il passait, avec son oncle, devant les cabines et une jeune femme était sortie. Wolf ne trouvait pas normal de regarder une femme d'au moins vingt-cinq ans, mais son oncle s'était retourné avec complaisance en faisant une remarque sur la beauté des jambes de la personne.

« A quoi vois-tu ça ? demanda Wolf.

— Ça se voit, dit l'oncle.

— Je suis incapable de m'en rendre compte,
dit Wolf.

— Tu verras, dit l'oncle, plus tard, tu pourras. »
C'était inquiétant. Peut-être qu'un jour, en se
réveillant, on saurait dire : celle-ci a de jolies
jambes, pas celle-là. Et que ressentait-on, à passer
de la catégorie de ceux qui ne savent pas à celle
de ceux qui savent ?

« Voyons ? dit la voix de Mlle Aglaé le rame-
nant au présent, vous avez toujours aimé les
petites filles quand vous aviez vous-même leur
âge.

— Elles me troublaient, dit Wolf. J'aimais
bien toucher leurs cheveux et leur cou. Je n'osais
pas aller plus loin. Tous mes amis m'ont assuré
qu'à partir de dix ou douze ans, ils savaient ce
que c'était qu'une fille ; je devais être spécialement arriéré, ou alors j'ai manqué d'occasion. Mais je crois que même si j'en avais eu envie
je me serais volontairement abstenu.

— Et pourquoi ? » demanda Mlle Héloïse.
Wolf réfléchit un peu.

« Ecoutez, dit-il, j'ai peur de me perdre dans
tout cela. Si vous le voulez bien, je vais y penser
quelques instants. »

Elles attendirent, patientes. Mlle Héloïse tira
de son sac une boîte de pastilles vertes dont
elle offrit une à Aglaé qui la prit. Wolf déclina.

« Voici dans l'ensemble, dit Wolf, comment ont

évolué les rapports avec elles jusqu'à l'époque où
je me suis marié. A l'origine, j'ai toujours eu le
désir... sans doute, je ne me rappelle pas la première fois que je fus amoureux... cela doit remonter très loin... j'avais cinq ou six ans et je ne me
souviens plus qui c'était... une dame en robe de
soirée que j'avais entrevue pendant une réception
chez mes parents. »

Il rit.

« Je ne me suis pas déclaré ce soir-là, dit-il.
Pas plus que les autres fois. Et bien d'autres fois
pourtant je les ai désirées... j'étais difficile, je
crois, mais certains détails me fascinaient. La voix,
la peau, les cheveux... C'est très joli, une femme. »

Mlle Héloïse toussota et Mlle Aglaé prit, elle
aussi un air modeste.

« Les seins me touchaient également de façon
extrême, dit Wolf. Pour le reste, mon... éveil
sexuel, disons, ne se produisit que vers quatorze
à quinze ans. Malgré les conversations crues avec
les copains du lycée, mes connaissances restaient
fort vagues... je... vous savez que ça me gêne,
mesdemoiselles... »

Héloïse eut un geste rassurant.

« Nous pouvons vraiment tout entendre, dit-
elle, je vous le répète.

— Nous avons été infirmières... ajouta Aglaé.

— Alors, je continue, dit Wolf. J'avais surtout
envie de me frotter à elles, de toucher leur poi-

trine, leurs fesses. Pas tellement leur sexe. J'ai rêvé
de très grosses femmes sur lesquelles j'aurais été
comme sur un édredon. J'ai rêvé de femmes très
fermes, de négresses. Oh ! je suppose que tous les
garçons ont passé par là. Mais le baiser jouait
dans mes orgies imaginaires un rôle plus important que l'acte proprement dit... j'ajoute que j'en-
visageais pour le baiser un champ d'action fort
large.

— Bien, bien, dit rapidement Aglaé, voici un
point acquis, vous aimiez les femmes. Et comment
cela s'est-il traduit ?

— N'allons pas si vite, protesta Wolf. Pour me
freiner... que de choses...

— Tant de choses que cela ? dit Héloïse.

— C'est fou, soupira Wolf. Et que de choses
idiotes... des choses vraies... et des prétextes.
Ceux-ci d'abord. Mes études, par exemple... je
me disais qu'elles étaient plus importantes.

— Le croyez-vous encore ? dit Aglaé.

— Non, répondit Wolf, mais je ne m'illusionne
pas. Si j'avais négligé mes études, je regretterais
leur absence autant que je regrette maintenant de
leur avoir donné trop de mon temps. Puis
l'orgueil.

— L'orgueil ? demanda Héloïse.

— Lorsque je vois une femme qui me plaît,
dit Wolf, jamais il ne me viendra à l'idée de
le lui dire. Car je considère que si j'ai envie

d'elle quelqu'un d'autre a dû en avoir envie avant
moi... et j'ai horreur de prendre la place de
quelqu'un qui est sans doute aussi aimable que
moi.

— Où voyez-vous l'orgueil ? dit Aglaé. Mon
cher jeune homme, il n'y a là que modestie.

— Je comprends ce qu'il veut dire, expliqua
Héloïse. Quelle idée en effet de vous dire que si
vous la trouvez bien, les autres la trouvent bien
aussi... c'est là ériger votre jugement en loi uni-
verselle et accorder à votre goût un brevet de
perfection.

— Je me le disais donc, admit Wolf, et je pensais malgré tout que mon jugement était aussi bon
que celui d'un autre.

— Vous vous y complaisiez, dit Héloïse.

— C'est ce que je vous ai dit, répondit Wolf.

— Et quel procédé bizarre, continua Héloïse.
N'était-il pas plus simple, lorsqu'une femme vous
plaisait, de le lui dire franchement ?

— Nous touchons là au troisième de mes motifs-prétextes à retenue, dit Wolf. Si je rencontre
une femme qui me tente, mon premier réflexe
me pousse à lui parler franchement, en effet. Mais
supposez que je lui dise : « Voulez-vous faire
« l'amour avec moi. » Combien de fois répondra-
t-elle avec la même franchise ? Que sa réponse
soit « Moi aussi » ou « Pas moi », ce serait si
simple — mais elles répondent par un faux-

fuyant... une bêtise... ou elles jouent les prudes... ou elles rient.

— Si une femme demande la même chose à un homme, protesta Aglaé, est-il plus honnête ?

— Un homme accepte toujours, dit Wolf.

— Bon, dit Héloïse, mais ne confondez pas la franchise avec la brutalité... votre façon de vous exprimer est un peu... cavalière, dans votre exemple.

— Je vous assure, dit Wolf, qu'à la même question exprimée avec la même netteté mais sous des formes plus polies qui vous paraissent y manquer, la réponse n'est jamais nette.

— Il faut être galant !... minauda Aglaé.

— Ecoutez, dit Wolf, jamais je n'ai abordé une inconnue — qu'elle en ait envie ou non — parce que je trouve qu'elle avait aussi bien que moi le droit de choisir, d'une part, et parce que j'ai toujours eu horreur de faire la cour à une personne selon le processus éprouvé qui consiste à lui parler du clair de lune, du mystère de son regard et de la profondeur de son sourire. Moi, que voulez-vous, je pensais à ses seins, à sa peau — ou je me demandais si, déshabillée, c'était une vraie blonde. Quant à être galant... si on admet l'égalité de l'homme et de la femme, la politesse suffit et l'on n'a pas de raison de traiter une femme plus poliment qu'un homme. Non, elles ne sont pas franches.

— Comment seraient-elles aussi directes dans une société qui les brime ? dit Héloïse.

— Vous êtes insensé, renchérit Aglaé. Vous voulez les traiter comme elles devraient être traitées si elles n'étaient conditionnées par des siècles d'esclavage.

— Possible qu'elles soient pareilles aux hommes, dit Wolf, et c'est ce que je croyais lorsque je désirais qu'elles choisissent comme moi, mais elles sont habituées hélas ! à d'autres méthodes, et cet esclavage, elles n'en sortiront jamais si elles ne commencent pas à se conduire autrement.

— Celui qui commence quelque chose a toujours bien du mal, dit Aglaé, sentencieuse ; vous l'avez vérifié en essayant de les traiter comme vous le fîtes — et vous aviez raison.

— Oui, dit Wolf, mais les prophètes ont toujours tort d'avoir raison : la preuve en est qu'on les écharpe.

— Reconnaissez, dit Héloïse, que, malgré une dissimulation peut-être réelle mais excusable, je vous le répète, toutes les femmes sont assez franches pour vous faire comprendre que vous leur plaisez lorsque c'est le cas...

— Et comment ça ? dit Wolf.

— Par leurs regards », dit Héloïse, langoureuse. Wolf ricana sèchement.

« Excusez-moi, répondit-il, mais, de ma

vie, je n'ai pu lire quoi que ce soit dans un regard. »

Aglaé le regarda avec sévérité.

« Dites que vous n'avez pas osé, répondit-elle, méprisante. Ou que vous avez eu peur. »

Wolf, troublé, la regarda. La vieille fille lui parut soudain légèrement inquiétante.

« Naturellement, dit-il avec effort. J'allais y arriver. »

Il soupira.

« Encore une chose que je dois à mes parents, dit-il, la crainte des maladies. Oui, ma terreur d'attraper quelque chose n'avait d'égal que mon envie de coucher avec toutes les filles qui me plaisaient. Certes, je m'endormais et je m'aveuglais de ces motifs-prétextes dont je vous ai parlé : mon désir de ne pas négliger mon travail, ma crainte de m'imposer, ma répugnance à faire la cour selon des méthodes méprisables à des femmes que j'aurais aimé traiter avec franchise — mais le vrai fond de tout cela était une peur profonde due aux légendes dont on m'avait bercé sous couvert d'esprit large en m'apprenant, dès mon adolescence, tout ce que je risquais.

— Il s'ensuivit ? dit Héloïse.

— Il s'ensuivit que je restais chaste malgré mes désirs, dit Wolf, et qu'au fond, comme lorsque j'avais sept ans, mon corps faible était content d'interdictions dont il s'accommodait et contre lesquelles mon esprit faisait semblant de lutter.

— Vous avez été le même en tout... dit Aglaé.

— A la base, dit Wolf, les corps physiques sont à peu près semblables, avec des réflexes et des besoins identiques — il s'y ajoute une somme de conceptions qui résultent du milieu et qui s'accordent plus ou moins avec les besoins et réflexes en question. On peut certes tenter de modifier ces conceptions acquises. On y arrive parfois, mais il y a un âge où le squelette moral aussi cesse d'être malléable.

— Allons, dit Héloïse, vous devenez sérieux. Racontez-nous votre première passion...

— C'est bête, ce que vous me demandez là, remarqua Wolf. Vous comprenez que dans ces conditions, je ne pouvais pas éprouver de passion. Par le jeu de mes interdits et de mes idées fausses, je fus amené d'abord à une sélection plus ou moins consciente de mes flirts dans un milieu « convenable » — dont les conditions d'éducation correspondaient plus ou moins aux miennes — de la sorte, je tombais presque à coup sûr sur une fille saine, peut-être vierge, et dont je pouvais me dire qu'elle était épousable en cas de bêtise... toujours ce vieux besoin de sécurité inculqué par mes parents : un chandail en plus ne peut pas faire de mal. Voyez-vous, pour qu'il y ait passion, c'est-à-dire réaction explosive, il faut que l'union

soit brutale, que l'un des corps soit très avide de
ce dont il est privé et que l'autre possède en très
grande quantité.

— Mon cher jeune homme, dit Aglaé en souriant, j'ai été professeur de chimie et je vous ferai
remarquer qu'il peut y avoir des réactions en
chaîne, qui partent très doucement, et s'alimen-
tant elles-mêmes, peuvent se terminer de façon
violente.

— Mes principes constituaient un solide ensemble d'anticatalyseurs, dit Wolf en souriant à
son tour. Pas de réaction en chaîne non plus
dans ce cas-là.

— Alors, pas de passion ? dit Héloïse, visiblement déçue.

— J'ai rencontré des femmes, dit Wolf pour
qui j'aurais pu en éprouver ; avant mon mariage,
le réflexe de crainte a joué. Après, c'était pure
veulerie... j'avais un motif de plus... la crainte de
faire de la peine. C'est beau, hein ? ça faisait
sacrifice. A qui ? Pour qui ? Qui en profitait ?
Personne. En réalité, ce n'était pas sacrifice, mais
solution facile.

— C'est vrai, dit Aglaé. Votre femme. Racon-
tez.

— Oh ! oh ! écoutez, dit Wolf, après ce que je
vous ai dit, il est bien facile de déterminer les
conditions de mon mariage et ses caractéristiques...

— C'est facile, dit Aglaé, mais nous aimerions que vous le fissiez vous-même. C'est pour vous que nous sommes là.

— Bon, dit Wolf. Voilà. Les causes ? Je me suis marié parce que j'avais besoin d'une femme physiquement ; parce que ma répugnance à mentir et à faire la cour m'obligeait à me marier assez jeune pour plaire physiquement, parce que j'en avais trouvé une que je pensais aimer et dont le milieu, les opinions, les caractéristiques, étaient convenables. Je me suis marié presque sans connaître les femmes — résultat de tout cela ? Pas de passion, l'initiation lente d'une femme trop vierge, la lassitude de ma part... au moment où elle a commencé à s'y intéresser, j'étais trop fatigué pour la rendre heureuse ; trop fatigué d'avoir attendu les émotions violentes que j'espérais au mépris de toute logique. Elle était jolie. Je l'aimais bien, je lui voulais du bien. Ce n'est pas suffisant. Et maintenant, je ne dirai plus rien.

— Oh ! protesta Héloïse. C'est si joli, de parler d'amour.

— Oui, peut-être, dit Wolf. Vous êtes très gentilles, en tout cas, mais réflexion faite, je trouve choquant de raconter tout ça à des demoiselles. Je vais aller me baigner. Je vous présente mes hommages. »

Il se retourna et s'en fut retrouver la mer. Il

plongea profondément vers le large, ouvrant les
yeux dans l'eau troublée par le sable.

Lorsqu'il revint à lui, il était seul au milieu
de l'herbe rouge du Carré. Derrière lui, la porte
de la cage béait, sinistre.

Pesamment, il se leva, quitta son équipement
et le rangea dans le placard près de la cage. Rien
de ce qu'il avait vu ne restait dans sa tête. Il
était ivre, comme déséquilibré. Pour la première
fois, il se demanda si l'on pouvait continuer à
vivre après avoir détruit tous ses souvenirs. Ce ne
fut qu'une idée fugace, qui le traversa l'espace
d'un instant. Combien de séances lui faudrait-il
encore ?...

Chapitre XXXII

Il eut vaguement conscience d'un remue-ménage
du côté de la maison lorsque le toit se souleva
pour retomber un peu plus bas. Il marchait
sans penser à rien, sans rien voir. Il éprouvait
seulement une impression d'attente. Quelque
chose allait se passer, bientôt.

En arrivant tout près de la maison, il remarqua son aspect étrange, et la disparition de la
moitié du second étage.

Il entra. Lil était là, elle s'occupait à des choses sans importance. Elle venait de descendre.

« Que se passe-t-il ? demanda Wolf.

— Tu as vu... dit Lil d'une voix basse.

— Où est Lazuli ?

— Il n'y a plus rien, dit Lil. Sa chambre est partie avec lui, c'est tout.

— Et Folavril ?

— Elle se repose dans la nôtre. Ne la dérange pas, elle a été très frappée.

— Lil, qu'est-ce que c'est que cette histoire ? dit Wolf.

— Oh ! je ne sais pas, dit Lil. Tu demanderas à Folavril quand elle sera en état de te répondre.

— Mais elle ne t'a rien dit ? insista Wolf.

— Si, dit Lil, mais je n'ai rien compris. Probablement, je suis bête.

— Mais non », dit Wolf poliment.

Il se tut quelques instants.

« C'est encore son bonhomme qui le regardait, dit-il. Alors il s'est énervé et il s'est disputé avec elle ?

— Non, dit Lil. Il s'est battu avec lui, et il a fini par se blesser lui-même en tombant sur son couteau. Folavril prétend qu'il s'est donné des coups volontairement, mais c'est sûrement un accident. Il paraît qu'il y avait des tas d'hommes, et tous pareils à lui, et qu'ils ont disparu quand il est mort. Une histoire à dormir debout.

— On est tous debout, dit Wolf ; il faut bien en profiter pour quelque chose. Dormir par exemple.

— Et la foudre est tombée sur sa chambre, dit Lil, et tout a disparu, avec lui.

— Folavril n'y était donc pas ?

— Elle venait de descendre pour chercher du secours », dit Lil.

Wolf réfléchit, la foudre a des effets bizarres. « La foudre a des effets étranges, dit-il.

— Oui, dit Lil.

— Je me rappelle, dit Wolf, un jour que je chassais le renard, il y a eu un orage, et le renard s'est transformé en ver de terre.

— Ah !... dit Lil pas intéressée.

— Et une autre fois, dit Wolf, sur une route, un homme a été entièrement déshabillé et peint en bleu. En plus sa forme avait été modifiée. On aurait cru une voiture. Et quand on montait dedans, elle marchait.

— Oui », dit Lil.

Wolf se tut. Plus de Lazuli. Il fallait monter tout de même, ça ne changerait rien à rien. Lil avait étendu une nappe sur la table, elle ouvrait le buffet pour mettre le couvert. Elle prit des assiettes et des verres et les disposa.

« Donne-moi le grand saladier de cristal », dit-elle.

C'était une vaisselle à laquelle Lil tenait énormément. Une grande chose claire et travaillée, assez lourde.

Wolf se baissa et prit le saladier. Lil finissait de poser les verres. Il leva le saladier entre ses yeux et la fenêtre pour voir les spectres multi-colores. Et puis ça l'ennuyait et il le lâcha. Le saladier tomba sur le sol et se réduisit en poussière blanche crissante, avec une note aiguë.

Lil, figée, regarda Wolf.

« Ça m'est égal, dit-il. Je l'ai fait exprès, et je vois que ça m'est égal. Même si ça t'ennuie. Je sais que ça t'ennuie beaucoup, et malgré ça, je ne sens rien. Alors je m'en vais. Il est temps. »

Il sortit sans se retourner. Le haut de son buste passa devant la fenêtre.

Lil, l'âme engourdie, ne fit pas un geste pour le retenir. En elle se cristallisait soudain une compréhension lucide. Elle allait quitter la maison avec Folavril. Elles s'en iraient sans personne.

« En réalité, dit-elle à haute voix, ils ne sont pas faits pour nous. Ils sont faits pour eux. Et nous pour rien. »

Elle laisserait Marguerite, la bonne, pour s'occuper de Wolf.

S'il revenait.

Chapitre XXXIII

Aussitôt que la porte de la cage se referma sur lui, Wolf sentit une angoisse terrible l'étreindre ; il haletait ; l'air durci pénétrait à peine dans ses poumons avides et un cercle de fer lui étreignait les tempes. Des filaments légers lui passèrent sur la figure et, brusquement, il se trouvait dans l'eau chargée de sable de la plage. Au-dessus de lui, il vit la membrane bleue de l'air, nagea désespérément ; une silhouette gainée de soie blanche le frôla. Par un réflexe élémentaire, il passa sa main sur ses cheveux avant de remonter. Il émergea, ruisselant, à bout de souffle, et devant lui, vit le sourire et les cheveux frisés d'une fille brune à qui le soleil avait fait un teint d'or foncé. Elle nageait, à brassées rapides, vers le rivage — il fit demi-tour et la suivit. — Il s'aperçut que les deux vieilles dames n'étaient plus là. Cependant, à quelque distance, au milieu de la plage, s'élevait une petite guérite qu'il n'avait pas remarquée auparavant. Il s'en occuperait plus tard. Il reprit pied sur le sol jaune et s'approcha de la fille. Elle était agenouillée sur le sable et dénouait dans son dos le lien de son maillot pour prendre plus de soleil. Wolf se laissa choir à côté d'elle.

« Où est votre plaque de cuivre ? » demanda-t-il.

Elle tendit son bras gauche.

« Je la porte au poignet, dit-elle. C'est moins officiel. Je m'appelle Carla.

— Vous venez pour la fin de l'interview ? demanda Wolf, un peu amer.

— Oui, dit Carla. Vous me direz peut-être ce que vous ne vouliez pas dire à mes tantes.

— Ces deux dames étaient vos tantes ? demanda Wolf.

— Elles en ont bien l'air, dit Carla. Vous ne trouvez pas ?

— Ce sont d'horribles punaises, dit Wolf.

— Allons, dit Carla, vous étiez plus affectueux autrefois.

— Ce sont de vieilles cochonnes, dit Wolf.

— Oh ! dit Carla, vous exagérez. Elles ne vous ont rien demandé de lubrique...

— Elles en grillaient d'envie, dit Wolf.

— Qui donc est digne d'affection pour vous ? demanda Carla.

— Je ne sais plus, dit Wolf. Il y avait un oiseau, sur le rosier grimpant de ma fenêtre, il m'éveillait le matin en tapant à la vitre à petits coups de bec. Il y avait une souris grise qui venait la nuit se promener près de moi et manger le sucre que je laissais pour elle sur la table de nuit. Il y avait une chatte noire et blanche qui ne me quittait pas et allait prévenir les parents si je grimpais à un arbre trop haut...

— Rien que des animaux, constata Carla.

— C'est pour cela que j'ai essayé de faire plaisir au Sénateur, expliqua Wolf. A cause de l'oiseau, de la souris et du chat.

— Dites, demanda Carla, ça vous faisait de la peine, quand vous étiez amoureux d'une fille... je veux dire une passion... de ne pas l'avoir ?

— Ça m'en faisait, dit Wolf, et puis ça a cessé de m'en faire parce que je trouvais mesquin que l'on puisse avoir de la peine sans en mourir et j'étais las d'être mesquin.

— Vous résistiez à vos désirs, dit Carla. C'est drôle... pourquoi ne vous y laissiez-vous pas aller ?

— Mes désirs mettaient toujours quelqu'un d'autre en jeu, dit Wolf.

— Et, bien sûr, vous n'avez jamais su lire dans un regard », compléta Carla.

Il la regardait tout près de lui, fraîche, dorée, des cils frisés ombraient ses yeux jaunes. Ses yeux où il lisait maintenant mieux qu'en un livre ouvert.

« Le livre, dit-il pour se dégager de l'attraction qu'il subissait, n'est pas forcément écrit dans une langue que l'on comprend. »

Carla rit sans détourner la tête ; son expression avait changé. Maintenant, il était trop tard. Visiblement.

« Vous avez toujours pu résister à vos désirs, dit-elle. Et vous pouvez toujours. C'est pour cela que vous mourrez déçu. »

Elle se leva, s'étira, et entra dans l'eau. Wolf la suivit des yeux jusqu'au moment où la tête brune disparut sous le plancher bleu de la mer. Il ne comprenait pas. Il attendit un peu. Rien ne réapparut.

Hébété, il se redressa à son tour. Il pensait à Lil, sa femme. Pour elle, qu'avait-il été d'autre qu'un étranger ? qu'un déjà mort ?

Wolf marchait, mou, dans le sable mou. Déçu, vidé — par lui-même. Il allait, les bras ballants, transpirant sous le soleil féroce. Une ombre se dessina devant lui. L'ombre d'une guérite. Il s'y abrita. Elle était percée d'un guichet derrière lequel il distingua la figure d'un fonctionnaire tout cassé, coiffé d'un canotier jaune, avec un col dur et une petite cravate noire.

« Que faites-vous là ? demanda le vieux.

— J'attends que vous m'interrogiez, dit Wolf, machinalement en s'accotant au guichet.

— Vous devez me payer la taxe, dit le fonctionnaire.

— Quelle taxe ? demanda Wolf.

— Vous vous êtes baigné, il faut payer la taxe.

— Avec quoi ? dit Wolf. Je n'ai pas d'argent.

— Vous devez me payer la taxe », répéta l'autre.

Wolf fit un effort de réflexion. L'ombre de la guérite lui faisait du bien. C'était la dernière interrogation sans nul doute. Ou l'avant-dernière au diable le plan.

« Quel est votre nom ? demanda-t-il.

— La taxe... » demanda l'autre à son tour.

Wolf se mit à rire :

« Il n'y a pas de taxe, dit-il. Je n'ai qu'à m'en aller sans payer.

— Non, dit l'autre. Vous n'êtes pas tout seul. Tout le monde paie la taxe, il faut faire comme tout le monde.

— A quoi servez-vous ? demanda Wolf.

— A faire rentrer la taxe, dit le petit vieux. Je fais mon travail. Avez-vous fait le vôtre ? A quoi avez-vous servi vous-même ?

— C'est assez d'exister... dit Wolf.

— Absolument pas... répondit le vieux. Il faut faire son travail. »

Wolf tira légèrement la guérite. Elle ne tenait pas bien.

« Ecoutez, dit Wolf, avant que je m'en aille. Les derniers chapitres du plan, ça va bien. Je vous en fais cadeau. Je vais un peu changer quelque chose.

— Faire son travail, répéta le vieux. Nécessaire.

— Pas de travail, pas de chômage, dit Wolf. C'est vrai ou c'est pas vrai ?

— La taxe, dit le vieux. Payez la taxe. Pas d'interprétations. »

Wolf ricana.

« Je vais céder à mes instincts, dit-il, emphatique. Pour la première fois. Non, la seconde, c'est vrai. J'ai déjà cassé un saladier de cristal. Vous allez voir se déchaîner une passion dominante de mon existence : la haine de l'inutile. »

Il s'arc-bouta, fit un effort violent, et la guérite bascula. Le petit vieux restait assis sur sa chaise avec son canotier.

« Ma guérite, dit-il.

— Votre guérite est par terre, répondit Wolf.

— Ça vous fera des ennuis, dit le vieux. Je vais rédiger un rapport. »

La main de Wolf s'abattit à la base du cou du vieillard qui gémit. Wolf le força à se lever.

« Venez, dit-il. On va faire le rapport ensemble.

— Laissez-moi, protesta le vieux en se débattant. Laissez-moi tranquille tout de suite ou j'appelle.

— Qui ? demanda Wolf. Venez avec moi. Marchons un peu. Il faut faire son travail. Le mien, c'est d'abord de vous emmener. »

Ils avançaient dans le sable, la main de Wolf crispée comme une serre sur le cou du vieil

homme courbé dont les bottines jaunes trébu-
chaient fréquemment. Le soleil de plomb tombait
comme une masse sur Wolf et son compagnon.

« D'abord de vous emmener, répéta Wolf.
Ensuite... de vous jeter par terre. »

Il le fit. Le vieux gémissait de peur.

« Parce que vous êtes inutile, dit Wolf. Et vous
me gênez. Et maintenant, je me débarrasserai de
tout ce qui me gêne. De tous les souvenirs. De
tous les obstacles. Au lieu de m'y plier, de me
surmonter, de m'abrutir... de m'user... j'ai horreur de m'user à tout ça... parce que je m'use,
vous m'entendez ! hurla Wolf. Je suis déjà plus
vieux que vous. »

Il s'agenouilla près du vieux Monsieur qui le
regardait avec des yeux terrifiés et ouvrait les
mâchoires comme un poisson à sec. Et puis il
prit une poignée de sable et la fourra dans la
bouche édentée.

« Une pour l'enfance », dit-il.

Le vieux cracha, bava et s'étrangla.

Wolf prit une seconde poignée.

« Une pour la religion. »

A la troisième, le vieux commençait à blêmir.

« Une pour les études, dit Wolf. Et une pour
l'amour. Et avalez tout ça, bordel de Dieu. »

De la main gauche, il cloua au sol le débris
minable qui suffoquait devant lui en émettant
des borborygmes étouffés.

« Encore une, dit-il parodiant M. Perle, pour votre activité en tant que cellule d'un corps social... »

Sa main droite, fermée en poing, tassa le sable entre les gencives de sa victime.

« Quant à la dernière, conclut Wolf, je la réserve pour vos inquiétudes métaphysiques éventuelles. »

L'autre ne bougeait plus. La dernière poignée de sable se répandit sur sa figure noirâtre et s'amassa dans les orbites creuses, recouvrant les yeux injectés de sang, jaillis de leurs orbites. Wolf le regardait.

« Quoi de plus seul qu'un mort... murmura-t-il. Mais quoi de plus tolérant ? Quoi de plus stable... hein, monsieur Brul, et quoi de plus aimable ? Quoi de plus adapté à sa fonction... de plus libre de toute inquiétude ? »

Il s'arrêta, se leva.

« On se débarrasse de ce qui vous gêne, premier point, dit-il, et on en fait un cadavre. Donc quelque chose de parfait, car rien n'est plus parfait, plus achevé qu'un cadavre. Ça, c'est une opération fructueuse. Un coup double. »

Wolf marchait, et le soleil avait disparu. Une brume lente venait du sol et traînait en nappes grises. Bientôt, il ne vit plus ses pieds. Il sentit que le sol durcissait et foula le roc sec.

« Un mort, continuait Wolf, c'est bien. C'est

complet. Ça n'a pas de mémoire. *C'est terminé.*
On n'est pas complet quand on n'est pas mort. »

Il sentit que le sol montait en pente raide. Le
vent se levait qui dissipa la brume. Wolf, courbé
en deux, luttait et grimpait, s'aidant maintenant
de ses mains pour progresser. Il faisait sombre,
mais il distingua, au-dessus de lui, une muraille
de rocher presque à pic où s'attachaient des végé-
tations rampantes.

« Bien entendu, il suffirait d'attendre pour
oublier, dit Wolf. On y arriverait aussi. Mais là
comme pour le reste... il y a des gens qui ont du
mal à attendre. »

Il était presque collé à la paroi verticale et
s'élevait lentement. Un de ses ongles se coinça
dans une fente de la pierre. D'un coup sec, il
retira sa main. Son doigt se mit à saigner et le
sang battait dedans, précipité.

« Et quand on a du mal à attendre, dit Wolf
et quand on se gêne soi-même, on a le motif et
l'excuse — et si on se débarrasse alors de ce qui
vous gêne... de soi-même... on touche à la perfection. Un cercle qui se ferme. »

Ses muscles se contractaient dans des efforts
insensés et il montait toujours, collé au mur
comme une mouche. Des plantes aux griffes
acérées déchiraient son corps en mille endroits.
Le souffle court, épuisé, Wolf s'approchait de
la crête.

« Un feu de genévrier... dans une cheminée de briques pâles... » dit-il encore.

A ce moment, il atteignit le sommet de la paroi rocheuse et, comme dans un rêve, il sentit sous ses doigts, le froid de la cage d'acier, et sur sa figure, la gifle du vent de face. Nu dans l'air gelé, il tremblait et claquait des dents. Sous une rafale plus violente, il faillit lâcher prise.

« Quand je voudrai... grogna-t-il, les dents serrées. J'ai toujours pu résister à mes désirs... »

Il ouvrit les mains, sa figure se décontracta et ses muscles se détendirent.

« Mais je meurs de les avoir épuisés... »

Le vent l'arracha de la cage et son corps tourbillonna dans l'air.

CHAPITRE XXXIV

« ALORS, dit Lil, on les fait ces valises ?

— On les fait », répondit Folavril.

Elles étaient assises sur le lit dans la chambre de Lil. Elles avaient la figure fatiguée. Toutes les deux.

« Et puis, plus d'hommes sérieux, dit Folavril.

— Non, dit Lil. Rien que des affreux coureurs. Des qui dansent, qui s'habillent bien, qui soient bien rasés et qui aient des chaussettes en soie rose.

— Ou en soie verte, pour moi, dit Folavril.

— Et des voitures de vingt-cinq mètres de long, dit Lil.

— Oui, dit Folavril. Et on les fera ramper.

— Sur les genoux. Et à plat ventre. Et ils nous paieront des visons, des dentelles, des bijoux et des femmes de ménage.

— Avec des tabliers d'organdi.

— Et on ne les aimera pas, dit Lil. Et on leur en fera voir. Et on ne leur demandera jamais d'où vient leur argent.

— Et s'ils sont intelligents, dit Folavril, on les plaque.

— Ça va être merveilleux », admira Lil.

Elle se leva et sortit quelques instants. Puis elle revint, traînant deux énormes valises.

« Voilà, dit-elle. Une pour chacune.

— Jamais je ne pourrai la remplir, assura Folavril.

— Moi non plus, admit Lil, mais ça a plus de façade. Et puis ça sera moins lourd à porter.

— Et Wolf ? demanda soudain Folavril.

— Voilà deux jours qu'il est parti, dit Lil très calme. Il ne reviendra pas. D'ailleurs on n'a plus besoin de lui.

— Mon rêve, dit Folavril en réfléchissant, mon rêve ça serait d'épouser un pédéraste avec plein d'argent. »

Chapitre XXXV

Le soleil était déjà haut lorsque Lil et Folavril sortirent de la maison. Elles étaient toutes les deux très bien habillées. Peut-être un peu voyantes, mais avec du goût. Finalement elles avaient laissé les valises trop lourdes dans la chambre de Lil. On les ferait prendre.

Lil avait une robe de lainage pervenche qui moulait étroitement son buste et ses hanches ; une longue fente s'ouvrait sur le côté et laissait apercevoir ses bas gris fumée. De petits souliers bleus à gros nœuds de ruban, un grand sac de daim de couleur assortie et une aigrette mêlée à ses cheveux blonds complétaient sa toilette. Folavril portait un tailleur noir très strict et un chemisier à jabot mousseux, avec de longs gants noirs et un chapeau noir et blanc. On avait du mal à ne pas les remarquer ; mais sur le Carré, il n'y avait personne que la machine, sinistre dans le ciel vide.

Elles passèrent à côté, par un reste de curiosité. La fosse qui avait reçu les souvenirs béait, obscure, et en se penchant, elles virent qu'un liquide sombre l'emplissait presque maintenant. On commençait à distinguer sur le métal des montants, des traces de corrosion, étrangement profondes. L'herbe rouge commençait à repousser partout où Wolf et Lazuli avaient dégagé le terrain pour installer les appareils.

« Ça ne tiendra pas longtemps, dit Folavril.

— Non, dit Lil. Encore une chose qu'il aura ratée.

— Il est peut-être arrivé à ce qu'il voulait, observa Folavril, absente.

— Oui, dit Lil distraitement. Peut-être. Allons-nous-en. »

Elles reprirent leur route.

« On va aller au spectacle, sitôt qu'on sera arrivées, dit Lil. Il y a des mois que je ne suis pas sortie.

— Oh ! oui, dit Folavril. J'en ai tellement envie. Et puis on se cherchera un joli appartement.

— Dieu ! dit Lil. Comment a-t-on pu vivre si longtemps avec des hommes.

— C'est de la folie », approuva Folavril.

Leurs petits talons claquetèrent sur la route lorsqu'elles franchirent le mur du Carré. Le vaste quadrilatère demeurait désert, et la grande machine d'acier se décomposait doucement au gré des orages du ciel. A quelques centaines de pas, vers l'ouest, le corps de Wolf, nu, presque intact, gisait la face tournée vers le soleil. Sa tête, pliée contre son épaule à un angle peu vraisemblable, paraissait indépendante de son corps.

Rien n'avait pu rester dans ses yeux grands ouverts. Ils étaient vides.

LES LURETTES FOURRÉES

LE RAPPEL

Il faisait beau. Il traversa la trente-et-unième rue, longea deux blocks, dépassa le magasin rouge et, vingt mètres plus loin, pénétra au rez-de-chaussée de l'Empire State par une porte secondaire.

Il prit l'ascenseur direct jusqu'au cent dixième étage et termina la montée à pied au moyen de l'échelle extérieure en fer, ça lui donnerait le temps de réfléchir un peu.

Il fallait faire attention de sauter assez loin pour ne pas être rabattu sur la façade par le vent. Tout de même, s'il ne sautait pas trop loin, il pourrait en profiter pour jeter au passage un coup d'œil chez les gens, c'est amusant. A partir du quatre-vingtième, le temps de prendre un bon élan.

Il tira de sa poche un paquet de cigarettes, vida l'une d'elles de son tabac, lança le léger papier. Le vent était bon, il longeait la façade. Son corps dévierait tout au plus de deux mètres de largeur. Il sauta.

L'air chanta dans ses oreilles et il se rappela le bistrot près de Long Island, à l'endroit où la route fait un coude près d'une maison de style virginal. Il buvait un pétrouscola avec Winnie au moment où le gosse était entré, des habits un peu lâches autour de son petit corps musclé, des cheveux de paille et des yeux clairs, hâlé, sain, pas très hardi. Il s'était assis devant une crème glacée plus haute que lui et il avait mangé sa crème. A la fin, il était sorti de son verre un oiseau comme on en trouve rarement dans cet endroit-là, un oiseau jaune avec un gros bec bossué, des yeux rouges fardés de noir et les plumes des ailes plus foncées que le reste du corps.

Il revit les pattes de l'oiseau annelées de jaune et de brun. Tout le monde dans le bistrot avait donné de l'argent pour le cercueil du gosse. Un gentil gosse. Mais le quatre-vingtième étage approchait et il ouvrit les yeux.

Toutes les fenêtres restaient ouvertes par ce jour d'été, le soleil éclairait de plein fouet la valise ouverte, l'armoire ouverte, les piles de linge que l'on s'apprêtait à transmettre de la seconde

à la première. Un départ : les meubles brillaient.
A cette saison, les gens quittaient la ville. Sur la
plage de Sacramento, Winnie, en maillot noir,
mordait un citron doux. A l'horizon, un petit
yacht à voiles se rapprocha, il tranchait sur les
autres par sa blancheur éclatante. On commençait à percevoir la musique du bar de l'hôtel.
Winnie ne voulait pas danser, elle attendait
d'être complètement bronzée. Son dos brillait,
lisse d'huile, sous le soleil, il aimait à voir son
cou découvert. D'habitude, elle laissait ses cheveux sur ses épaules. Son cou était très ferme. Ses
doigts se rappelaient la sensation des légers cheveux que l'on ne coupe jamais, fins comme les
poils à l'intérieur des oreilles d'un chat. Quand
on frotte lentement ses cheveux à soi derrière ses
oreilles à soi, on a dans la tête le bruit des vagues
sur des petits graviers pas encore tout à fait
sable. Winnie aimait qu'on lui prît le cou entre le
pouce et l'index par-derrière. Elle redressait la
tête en fronçant la peau de ses épaules, et les
muscles de ses fesses et de ses cuisses se durcis-
saient. Le petit yacht blanc se rapprochait
toujours, puis il quitta la surface de la mer,
monta en pente douce vers le ciel et disparut derrière un nuage juste de la même couleur.

Le soixante-dixième étage bourdonnait de
conversations dans des fauteuils en cuir. La fumée

des cigarettes l'entoura d'une odeur complexe. Le
bureau du père de Winnie sentait la même odeur.
Il ne le laisserait donc pas placer un mot. Son
fils à lui n'était pas un de ces garçons qui vont
danser le soir au lieu de fréquenter les clubs de
l'Y.M.C.A. Son fils travaillait, il avait fait ses études d'ingénieur et il débutait en ce moment
comme ajusteur, et il le ferait passer dans tous les
ateliers pour apprendre à fond le métier et pouvoir comprendre et commander les hommes.
Winnie, malheureusement, un père ne peut pas
s'occuper comme il l'entend de l'éducation de sa
fille, et sa mère était trop jeune, mais cc n'est pas
une raison parce qu'elle aime le flirt comme
toutes les filles de son âge pour... Vous avez de
l'argent ? Vous vivez déjà ensemble... Ça m'est
égal, ça n'a que trop duré déjà. La loi américaine
punit heureusement ces sortes de choses et Dieu
merci j'avais suffisamment d'appuis politiques
pour mettre fin à... Comprenez-vous, je ne sais
pas d'où vous sortez, moi !...

La fumée de son cigare posé sur le cendrier
montait comme il parlait, et prenait dans l'air
des formes capricieuses. Elle se rapprochait de
son cou, l'entourait, se resserrait, et le père de
Winnie ne semblait pas la voir ; et quand la figure
bleue toucha la glace du grand bureau, il s'enfuit
car on l'accuserait sûrement de l'avoir tué. Et
voilà qu'il descendait maintenant ; le soixantième

n'offrait rien d'intéressant à l'œil... une chambre
de bébé crème et rose. Quand sa mère le punis-
sait, c'est là qu'il se réfugiait, il entrouvrait la
porte de l'armoire et se glissait à l'intérieur dans
les vêtements. Une vieille boîte à chocolats en
métal lui servait à cacher ses trésors. Il se rappelait
la couleur orange et noire avec un cochon orange
qui dansait en soufflant dans une flûte. Dans
l'armoire on était bien, sauf vers le haut, entre
les vêtements pendus, on ne savait pas ce qui
pouvait vivre dans ce noir, mais au moindre
signe, il suffisait de pousser la porte. Il se rappelait une bille de verre dans la boîte, une bille
avec trois spirales orange et trois spirales bleues
alternées, le reste, il ne se souvenait plus quoi.
Une fois, il était très en colère, il avait déchiré
une robe à sa mère, elle les mettait chez lui
parce qu'elle en avait trop dans son placard, et
elle n'avait jamais pu la reporter. Winnie riait
tant, leur première soirée de danse ensemble, il
croyait que sa robe était déchirée. Elle était fendue
du genou à la cheville et du côté gauche seulement. Chaque fois qu'elle avançait cette jambe,
la tête des autres types tournait pour suivre le
mouvement. Comme d'habitude on venait l'invi-
ter toutes les fois qu'il partait au buffet lui chercher un verre de quelque chose de fort, et la dernière fois son pantalon s'était mis à rétrécir jusqu'à s'évaporer, et il se trouvait les jambes nues

en caleçon, avec son smoking court et le rire
atroce de tous ces gens, et il s'était enfoncé dans
la muraille à la recherche de sa voiture. Et seule
Winnie n'avait pas ri.

Au cinquantième, la main de la femme aux
ongles laqués reposait sur le col du veston au dos
gris et sa tête se renversait à droite sur le bras
blanc que terminait la main. Elle était brune. On
ne voyait rien de son corps, dissimulé par celui
de l'homme, qu'une ligne de couleur, la robe en
imprimé de soie, claire sur fond bleu. La main
crispée contrastait avec l'abandon de la tête, de
la masse des cheveux étalés sur le bras rond. Ses
mains se crispaient sur les seins de Winnie, petits,
peu saillants, charnus, gonflés d'un fluide vivant,
à quoi comparer cette sensation, aucun fruit ne
peut la donner, les fruits n'ont pas cette absence
de température propre, un fruit est froid, cette
adaptation parfaite à la main, leur pointe un peu
plus dure s'encastrait exactement à la base de
l'index et du médius, dans le petit creux de sa
chair. Il aimait qu'ils vivent sous sa main, exer-
cer une douce pression de droite à gauche, du
bout des doigts à la paume, et incruster étroitement ses phalanges écartées dans la chair de Winnie jusqu'à sentir les tubes transversaux des côtes,
jusqu'à lui faire mordre en représailles la première épaule la droite, la gauche, il ne gardait pas

de cicatrices, elle arrêtait toujours le jeu pour des
caresses plus apaisantes, qui ne laissaient pas aux
mains cette indispensable envie d'étreindre, de
faire disparaître dans les paumes refermées ces
absurdes avancées de chair, et aux dents ce désir
amer de mâcher sans fin cette souplesse jamais
entamée, comme on mâcherait une orchidée.

Quarante. Deux hommes debout devant un bureau. Derrière, un autre, il le voyait de dos,
assis. Ils étaient tous trois habillés de serge bleue,
chemises blanches, ils étaient massifs, enracinés
sur la moquette beige, issus du sol, devant ce
bureau d'acajou, aussi indifférents que devant
une porte fermée... la sienne... On l'attendait
peut-être en ce moment, il les voyait monter par
l'ascenseur, deux hommes vêtus de serge bleue,
coiffés de feutre noir, indifférents, peut-être une
cigarette aux lèvres. Ils frapperaient, et lui, dans
la salle de bain, reposerait le verre et la bouteille,
renverserait, nerveux, le verre sur la tablette de
glace — et se dirait que ce n'est pas possible, ils
ne savent pas déjà — est-ce qu'on l'avait vu — et il
tournerait dans la chambre sans savoir quoi faire,
ouvrir aux hommes en costume foncé derrière
la porte ou chercher à s'en aller — et il tournait
autour de la table et voyait d'un seul coup, inutile de s'en aller, il restait Winnie sur tous les
murs, sur les meubles, on comprendrait sûrement, il y avait la grande photo dans le cadre

d'argent au-dessus de la radio, Winnie, les cheveux flous, un sourire aux yeux — sa lèvre inférieure était un peu plus forte que l'autre,
elle avait des lèvres rondes, saillantes et lisses,
elle les mouillait du bout de sa langue pointue
avant d'être photographiée pour donner l'éclat
brillant des photos des vedettes — elle se maquillait, passait le rouge sur la lèvre supérieure,
beaucoup de rouge, soigneusement, sans toucher
l'autre lèvre, et puis pinçait sa bouche en la rentrant un peu et la lèvre supérieure se décalquait
sur l'autre, sa bouche vernie de frais comme
une baie de houx, et ses lèvres résultaient l'une de
l'autre, se complétaient parfaitement, on avait à
la fois envie de ses lèvres et peur de rayer leur
surface, unie avec un point brillant. Se contenter
à ce moment-là de baisers légers, une mousse de
baisers à peine effleurés, savourer ensuite le goût
fugitif et délicieux du rouge parfumé — Après
tout, c'était l'heure de se lever, tout de même, il
l'embrasserait de nouveau plus tard — les deux
hommes qui l'attendaient à la porte... et par la
fenêtre du trentième, il vit sur la table une statuette de cheval, un joli petit cheval blanc en plâtre sur un socle, si blanc qu'il paraissait tout nu.
Un cheval blanc. Lui préférait le Paul Jones, il le
sentait battre sourdement au creux de son ventre,
envoyer ses ondes bienfaisantes — juste le temps
de vider la bouteille avant de filer par l'autre esca

lier. Les deux types — au fait, étaient-ils venus, ces deux types ? — devaient l'attendre devant la porte. Lui, tout bien rempli de Paul Jones — la bonne blague. Frapper ? C'était peut-être la négresse qui nettoyait la chambre... Deux types ? drôle d'idée. Les nerfs, il suffit de les calmer avec un peu d'alcool — Agréable promenade, arrivée à l'Empire State — Se jeter d'en haut. Mais ne pas perdre son temps — Le temps, c'est précieux. Winnie était arrivée en retard au début, c'était seulement des baisers, des caresses sans importance. Mais le quatrième jour, elle attendait la première, il avait demandé pourquoi, narquoisement, elle rougissait, ça non plus, ça n'avait pas duré, et c'est lui qui rougissait de sa réponse une semaine plus tard. Et pourquoi ne pas continuer comme ça, elle voulait l'épouser, il voulait bien aussi, leurs parents pourraient s'entendre ? Sûrement non, quand il était entré dans le bureau du père de Winnie, la fumée de la cigarette avait étranglé le père de Winnie — mais la police ne voudrait pas le croire, était-ce la négresse ou bien les deux types en costumes foncés, fumant peut-être une cigarette, après avoir bu du Cheval Blanc en tirant en l'air pour effrayer les bœufs, et ensuite les rattraper avec un lasso à bout doré.

Il oublia d'ouvrir les yeux au vingtième et s'en aperçut trois étages plus bas. Il y avait un plateau

sur une table et la fumée coulait verticalement
dans le bec de la cafetière ; alors, il s'arrêta, remit
de l'ordre dans sa toilette, car sa veste était toute
retournée et remontée par trois cent mètres de
chute ; et il entra par la fenêtre ouverte.

Il se laissa choir dans un gélatineux fauteuil de
cuir vert, et attendit.

II

La radio fredonnait en sourdine un programme
de variétés. La voix contenue et infléchie de la
femme réussit à renouveler un vieux thème.
C'étaient les mêmes chansons qu'avant, et la
porte s'ouvrit. Une jeune fille entra.

Elle ne parut pas surprise de le voir. Elle portait de simples pyjamas de soie jaune, avec une
grande robe de la même soie, ouverte devant. Elle
était un peu hâlée, pas maquillée, pas spécialement jolie, mais tellement bien faite.

Elle s'assit à la table et se versa du café, du
lait, puis elle prit un gâteau.

« Vous en voulez ? proposa-t-elle.

— Volontiers. »

Il se leva à demi pour prendre la tasse pleine

qu'elle lui tendait, de légère porcelaine chinoise, mal équilibrée sous la masse du liquide.

« Un gâteau ? »

Il accepta, se mit à boire à gorgées lentes, en mâchant les raisins du gâteau.

« D'où venez-vous, au fait ? »

Il reposa sa tasse vide sur le plateau.

« De là-haut. »

Il montrait la fenêtre d'un geste vague.

« C'est la cafetière qui m'a arrêté, elle fumait. »

La fille approuva.

Toute jaune, cette fille. Des yeux jaunes aussi, des yeux bien fendus, un peu étirés aux tempes, peut-être simplement sa façon d'épiler ses sourcils. Probablement. Bouche un peu grande, figure triangulaire. Mais une taille merveilleuse bâtie comme un dessin de magazine, les épaules larges et les seins hauts, avec des hanches — à profiter de suite — et des jambes longues.

Le Paul Jones, pensa-t-il. Elle n'est pas réellement comme ça. Ça n'existe pas.

« Vous ne vous êtes pas embêté pendant tout le temps que vous avez mis à venir ? demanda-t-elle.

— Non... J'ai vu des tas de choses.

— Vous avez vu des tas de choses de quel ordre ?...

— Des souvenirs... dit-il. Dans les chambres, par les fenêtres ouvertes.

— Il fait très chaud, toutes les fenêtres sont ouvertes, dit-elle avec un soupir.

— Je n'ai regardé que tous les dix étages, mais je n'ai pas pu voir au vingtième. Je préfère cela.

— C'est un pasteur... jeune, très grand et très fort... Vous voyez le genre ?...

— Comment pouvez-vous le savoir ?... »

Elle mit un temps à lui répondre. Ses doigts aux ongles dorés enroulaient machinalement la cordelière de soie de son ample robe jaune.

« Vous auriez vu, continua-t-elle, en passant devant la fenêtre ouverte, une grande croix de bois foncé sur le mur du fond. Sur son bureau il y a une grosse Bible et son chapeau noir est accroché dans l'angle.

— Est-ce tout ? demanda-t-il.

— Vous auriez vu sans doute aussi autre chose... »

Quand venait Noël, il y avait des fêtes chez ses grands-parents à la campagne. On garait la voiture dans la remise à côté de celle de ses grands-parents, une vieille voiture confortable et solide, à côté de deux tracteurs aux chenilles hérissées, encroûtées de terre brune sèche et de tiges d'herbes fanées, coincées dans les articulations des plaquettes d'acier. Pour ces occasions-là, grand-mère faisait toujours des gâteaux de maïs, des gâteaux de riz, toutes sortes de gâteaux, des beignets, il y avait aussi du sirop d'or, limpide et un peu visqueux, que l'on versait sur les gâteaux, et des animaux rôtis, mais il se réservait pour les sucreries. On chantait ensemble devant la cheminée à la fin de la soirée.

« Vous auriez peut-être entendu le pasteur faire répéter sa chorale », dit-elle.

Il se rappelait bien l'air.

« Sans doute, approuva la fille. C'est un air très connu. Ni meilleur ni pire que les autres. Comme le pasteur.

— Je préfère que la fenêtre du vingtième ait été fermée, dit-il.

— Pourtant, d'habitude... »

Elle s'arrêta.

« On voit un pasteur avant de mourir ? compléta-t-il.

— Oh ! dit la fille, cela ne sert à rien. Moi je ne le ferais pas.

— A quoi servent les pasteurs ? »

Il posait la question à mi-voix pour lui-même ; peut-être à vous faire penser à Dieu. Dieu n'a d'intérêt que pour les pasteurs et pour les gens qui ont peur de mourir, pas pour ceux qui ont peur de vivre, pas pour ceux qui ont peur d'autres hommes en costumes foncés, qui viennent frapper à votre porte et vous faire croire que c'est la négresse ou vous empêchent de terminer une bouteille de Paul Jones entamée. Dieu ne sert plus à rien quand c'est des hommes que l'on a peur.

« Je suppose, dit la fille, que certaines personnes ne peuvent s'en passer. Ils sont commodes pour les gens religieux, en tout cas.

— Il doit être inutile de voir un pasteur si l'on veut mourir volontairement, dit-il.

— Personne ne veut mourir volontairement, conclut la fille. Il y a toujours un vivant et un mort qui vous y poussent. C'est pour cela qu'on a besoin des morts et qu'on les garde dans des boîtes.

— Ce n'est pas évident, protesta-t-il.

— Est-ce que cela ne vous apparaît pas clairement ? » demanda-t-elle doucement.

Il s'enfonça un peu plus profondément dans le fauteuil vert.

« J'aimerais une autre tasse de café », dit-il.

Il sentait sa gorge un peu sèche. Pas envie de pleurer, quelque chose de différent, mais avec des larmes aussi.

« Voulez-vous quelque chose d'un peu plus fort ? demanda la fille jaune.

— Oui. Cela me ferait plaisir. »

Elle se levait, sa robe jaune luisait dans le soleil et entrait dans l'ombre. Elle tira d'un bar d'acajou une bouteille de Paul Jones.

« Arrêtez-moi, dit-elle...

— Comme ça !... »

Il la stoppa d'un geste impératif. Elle lui tendit le verre.

« Vous, dit-il, est-ce que vous regarderiez par les fenêtres en descendant ?

— Je n'aurai pas besoin de regarder, dit la fille, il y a la même chose à chaque étage et je vis dans la maison.

— Il n'y a pas la même chose à chaque étage, protesta-t-il, j'ai vu des pièces différentes toutes les fois que j'ouvrais les yeux.

— C'est le soleil qui vous trompait. »

Elle s'assit près de lui sur le fauteuil de cuir et le regarda.

« Les étages sont tous pareils, dit-elle.

— Jusqu'en bas c'est la même chose ?

— Jusqu'en bas.

— Voulez-vous dire que si je m'étais arrêté à un autre étage, je vous aurais trouvée ?

— Oui.

— Mais ce n'était pas du tout pareil... Il y avait des choses agréables, mais d'autres abominables... Ici c'est différent.

— C'était la même chose. Il fallait s'y arrêter.

— C'est peut-être le soleil qui me trompe aussi à cet étage, dit-il.

— Il ne peut pas vous tromper puisque je suis de la même couleur que lui.

— Dans ce cas, dit-il, je ne devrais pas vous voir...

— Vous ne me verriez pas si j'étais plate comme une feuille de papier, dit-elle, mais... »

Elle ne termina pas sa phrase et elle avait un léger sourire. Elle était très près de lui et il pouvait sentir son parfum, vert sur ses bras et son corps, un parfum de prairie et de foin, plus mauve près des cheveux, plus sucré et plus bizarre aussi, moins naturel.

Il pensait à Winnie. Winnie était plus plate mais il la connaissait mieux. Même il l'aimait.

« Le soleil, au fond, c'est la vie, conclut-il après un moment.

— N'est-ce pas que je ressemble au soleil avec cette robe ?

— Si je restais ? murmura-t-il.

— Ici ? »

Elle haussa les sourcils.

« Ici.

— Vous ne pouvez pas rester, dit-elle simplement. Il est trop tard. »

A grand-peine, il s'arracha du fauteuil. Elle posa la main sur son bras.

« Une seconde », dit-elle.

Il sentit le contact de deux bras frais. De près, cette fois, il vit les yeux dorés, piquetés de lueurs, les joues triangulaires, les dents luisantes. Une seconde, il goûta la pression tendre des lèvres entrouvertes, une seconde il eut tout contre lui le corps drapé de soie resplendissante et déjà il était seul, déjà il s'éloignait, elle souriait de loin, un peu triste, elle se consolerait vite, on le voyait aux coins déjà relevés de ses yeux jaunes — il quittait la pièce, rester était impossible — il fallait tout reprendre au début et cette fois, ne plus s'arrêter en route. Il remonta au sommet de l'immense bâtiment, se jeta dans le vide, et sa tête fit une méduse rouge sur l'asphalte de la cinquième avenue.

LES POMPIERS

PATRICK grattait désespérément l'allumette sur le mur dont la peinture un peu éraillée fournissait un frottoir de choix. Au sixième aller et retour, elle cassa net et il s'arrêta, car il ne connaissait pas encore l'art de se brûler les doigts en allumant le petit bout trop court.

En chantant une chanson où revenait souvent le nom de Jésus, il s'achemina vers la cuisine. Ses parents préféraient en effet que les allumettes se trouvassent au voisinage du réchaud à gaz plutôt qu'au fond du placard à jouer, ce contre quoi Patrick ne pouvait qu'émettre une protestation morale, car il n'était pas le plus fort. Quant au nom de Jésus, c'était une récrimination supplémentaire et gratuite, une espèce de perfectionnement, car personne n'allait à la messe dans la maison.

Se haussant sur la pointe des pieds, il souleva le couvercle de la petite boîte en fer et prit un des légers fétus soufrés. Un seul à la fois : on n'a pas tellement l'occasion de marcher.

Puis il refit en sens inverse le trajet de la cuisine au salon.

Quand j'entrai, le feu avait convenablement pris aux rideaux qui brûlaient avec une belle flamme claire. Assis au milieu du salon, Pat se demandait s'il fallait vraiment rigoler.

En voyant ma mine intéressée, il se décida pour la grimace vers le bas.

« Ecoute, lui dis-je. Ou bien ça t'amusait et alors ce n'est pas la peine de pleurer, ou bien ça ne t'amuse pas et alors je ne sais pas pourquoi tu l'as fait.

— Ça ne m'amusait pas tellement, dit-il, mais une allumette, c'est fait pour allumer. »

Sur quoi, il se mit à pleurer comme un veau.

Pour lui prouver que je ne prenais pas ça au tragique, j'adoptai un ton léger.

« T'en fais pas, dis-je. Moi aussi, quand j'avais six ans, j'ai mis le feu à des vieux bidons d'essence.

— Moi, j'en avais pas. Il a bien fallu que je prenne ce que j'ai trouvé.

— Viens dans la salle à manger, dis-je, et oublions le passé.

— On va jouer aux petites autos, dit-il ravi.

Ça fait au moins trois jours qu'on n'a pas joué aux petites autos. »

Nous quittâmes le salon dont je fermai discrètement la porte. Les rideaux avaient complètement brûlé maintenant et le feu commençait à attaquer le tapis.

« Allons, dis-je. Tu prends les bleues et moi les rouges. »

Il me regarda pour s'assurer que je ne pensais plus au feu, et, satisfait, déclara :

« Je vais te flanquer la tripotée. »

Après une heure de petites autos et une interminable discussion sur l'opportunité d'une revanche, je réussis à le guider vers sa chambre où sa boîte de peinture l'attendait, lui assurai-je, avec une impatience fébrile. Puis muni d'un drap, je m'introduisis dans le salon pour étouffer ce début d'incendie qu'en aucun cas je ne voulais prendre au tragique.

On n'y voyait plus rien, car une lourde fumée noire empuantissait l'atmosphère. Je cherchai à déterminer si l'odeur de la laine brûlée l'emportait sur celle de la peinture cuite et je conclus par une quinte de toux qui me laissa pantelant. Soufflant et crachant, je m'entortillai la tête avec le drap et la détortillai presque aussitôt, car le drap en question venait de prendre feu.

L'air était traversé de lueurs fuligineuses et le plancher craquait et sifflait. Des flammes joyeuses

sautaient de-ci, de-là, communiquant leur chaleur à ce qui ne brûlait pas encore. Sentant une
langue ardente s'introduire dans le bas de mon
pantalon, je battis en retraite et je fermai la porte.
De retour dans la salle à manger j'allai jusqu'à la
chambre de mon fils.

« Ça brûle très bien, lui dis-je. Viens, on va
appeler les pompiers. »

Je m'approchai de la tablette qui supportait le
téléphone et composai le numéro 17.

« Allô ? dis-je.

— Allô ? me répondit-on.

— Il y a le feu chez moi.

— Quelle adresse ? »

J'indiquai la latitude, la longitude et l'altitude
de l'appartement.

« Bon, me répondit-on. Je vous passe vos pompiers.

— Merci », dis-je.

J'obtins rapidement la communication nouvelle et je me félicitais de ce que les services pos-
taux fonctionnassent si remarquablement, lorsqu'une voix enjouée m'interpella.

« Allô ?

— Allô ? dis-je. Les pompiers ?

— Un des pompiers, me répondit-on.

— Il y a le feu chez moi, dis-je.

— Vous avez de la chance, me répondit le
pompier. Voulez-vous prendre rendez-vous ?

— Vous ne pouvez pas venir tout de suite ? demandai-je.

— Impossible, Monsieur, dit-il. Nous sommes surchargés en ce moment, il y a des incendies partout. Après-demain à trois heures, c'est tout ce que je peux faire pour vous.

— D'accord, dis-je. Merci. A après-demain.

— Au revoir, Monsieur, dit-il. Laissez pas s'éteindre votre feu. »

J'appelai Pat.

« Fais ta valise, lui dis-je. On va aller passer quelques années chez tante Surinam.

— Chouette ! s'exclama Pat.

— Tu vois, lui dis-je, tu as eu tort de mettre le feu aujourd'hui, on ne pourra pas avoir les pompiers avant deux jours. Sans ça, tu aurais vu ces voitures !...

— Ecoute, dit Pat, oui ou non, les allumettes sont-elles faites pour allumer ?

— Naturellement, dis-je. A quoi veux-tu qu'elles servent ?

— Le type qui les a inventées est un fameux crétin, dit Pat. Avec une allumette, on ne devrait pas pouvoir « tout » allumer.

— Tu as raison, dis-je.

— Enfin, conclut-il. Tant pis. Viens jouer. Ce coup-ci, c'est toi qui prendras les bleues.

— On jouera dans le taxi, dis-je. Grouille-toi. »

LE RETRAITÉ

Pour sortir, on passait entre les bâtiments du petit lycée et un grand mur gris qui ceignait la cour du grand. Devant le mur poussaient des arbres. Le sol était couvert de mâchefer, qu'il ne faut pas confondre avec du mangetout, et sur lequel les chaussures à clous font un beau bruit crissant.

Lagrige, Robert et Turpin (qu'on appelait hardiment Peinture) cavalaient ferme vers la sortie. La haute grille du petit lycée s'ouvrait sur une des ruelles aux pavés moussus qu'un terre-plein, planté de platanes, sépare du boulevard de l'Impératrice. C'était l'heure du retraité et il ne fallait pas le rater.

Des élèves moins blasés trouvaient le terre-plein particulièrement adapté à la pratique du triangle, du pot, et autres exercices en honneur chez les adeptes du noble sport des billes. Mais Lagrige, Robert et Peinture préféraient à tout, leur retraité.

Le retraité avait une canne sculptée, un feutre verdi et un vieux manteau noir ; il marchait tout courbé et portait été comme hiver, un affreux cache-tronche pisseux.

Homme d'habitudes régulières, l'objet de leur ferveur passait devant le petit lycée à midi moins dix pile. Lagrige, le premier, avait fait remarquer aux autres l'analogie de sa démarche avec celle d'un Indien sur le sentier de la guerre. On lui laissait donc trois mètres d'avance, et on lui emboîtait le pas à la queue leu leu. Il suivait le boulevard de l'Impératrice jusqu'à l'endroit où le croise l'avenue du Maréchal-Dumou. Là, les trois filaient tout de même à droite pour ne pas rater le train de midi vingt-cinq, et lui tournait à gauche vers une destination inconnue.

Suivre le retraité, c'était vivre ; d'autant que l'homme, un peu sourdingue, ne s'alarmait pas des imprécations choisies et des quolibets que lui répartissaient généreusement Robert, Lagrige et Peinture, dont le vrai nom était Turpin.

II

Les grandes découvertes étant souvent le fruit du hasard, c'est par hasard que Lagrige tomba, le jeudi, de tout son long, sur le mâchefer. Il s'arracha un peu la peau des genoux, chose sans importance, et se releva en tenant un remarquable silex rond, déterré par sa chute, et qui faisait presque la pige à un calot ; mais que l'on pouvait traiter comme une pierre. Il le garda soigneusement serré dans sa paume. Le même jour, Robert eut l'idée plaisante d'imaginer que la bosse du retraité était en caoutchouc et rebondissait comme un ballon. Avant que Lagrige ait mentalement formulé la connexion qui s'établit, le silex quittait sa main, frappant la bosse en plein avec un joli choc mat.

Il fallut au retraité plus de temps pour se retourner qu'aux trois sioux pour se dissimuler derrière les platanes, et ce fut un ravissant spectacle que de le voir invoquer les cieux d'une voix cassée pour les prendre à témoin de sa misère.

« Quand même, souffla Robert ému, tu charries.

— Penses-tu, dit Peinture, il croit que c'est tombé d'un arbre. »

Lagrige se rengorgea.

« Ben quoi, dit-il, c'est rien... pisque sa bosse est en caoutchouc. »

Les deux autres le regardèrent avec admiration et le retraité reprit sa route en grommelant et en se retournant de temps à autre. Ça corsait le plaisir parce que, maintenant, ils étaient obligés de le suivre en progressant de platane en platane.

III

Le jeu se perfectionnait de jour en jour. Peinture, Lagrige et Robert rivalisaient d'ingéniosité. Pendant le cours de dessin du père Michon, ils confectionnaient avec amour des projectiles perfectionnés comportant des réservoirs internes remplis de liquides variés : encre, salive mélangée de poudre de crayolor, raclures de pupitres délayées dans de l'eau. Le mardi suivant, Robert alla jusqu'à faire pipi dans une bombe extra-forte qui fut dénommée bombe atomique aussitôt qu'inventée. Le mercredi, ne voulant pas être en reste, Peinture apporta une fléchette qu'on empoisonna soigneusement en l'enduisant d'une décoction de cloportes pilés dans l'adhésine.

Quand la fléchette l'atteignit en plein dos, le retraité s'arrêta tout net et se redressa presque. On s'attendait à le voir faire face comme un vieux sanglier, mais il ne dit rien et au bout d'un instant, il se courba plus bas, hocha la tête et partit sans se retourner. Les plumes de la flèche faisaient une petite tache bleue au milieu de sa bosse.

IV

LE lendemain, Robert et Lagrige se sentaient déprimés, car, pour mieux faire que Peinture, cela devenait du sport. Lagrige avait, cependant, une bonne idée en réserve. Au milieu de la poursuite quotidienne, il quitta le couvert des arbres et commença à emboîter le pas au retraité, de si près qu'il paraissait collé contre. Puis, il s'arrêta net, lui laissa prendre quelques pas d'avance et fit signe aux copains de regarder.

« Quand même, dit Robert éperdu d'envie, il charrie... »

Peinture ne répondit rien. Il était jaloux.

Lagrige prit son élan, courut, et, comme à saute-mouton, s'installa à califourchon, d'un bond, sur la bosse. Le vieux trébucha et se redressa.

« Hue !... cria Lagrige. Vas-y, vieux cheval !... »

Le vieux se retourna si brusquement que Lagrige lâcha prise et roula par terre. Tandis qu'il se relevait, le vieux sortit sa main de sa poche. Il tenait un revolver à cinq coups de modèle ancien, lentement, avec soin, il tira les cinq balles sur Lagrige à bout portant. A la troisième, Lagrige remuait encore, puis il retomba et resta tout à fait calme, curieusement contorsionné.

Et puis le vieux retraité souffla dans le canon de son revolver et le remit dans sa poche. Robert et Peinture, étonnés, regardaient Lagrige et une drôle de mare toute noire qui se formait sous lui, à la hauteur des reins. Le retraité continuait son chemin ; au croisement, il tourna à gauche dans l'avenue du Maréchal-Dumou.

TABLE DES MATIERES

IMPRIMÉ EN FRANCE PAR BRODARD ET TAUPIN
7, bd Romain-Rolland - Montrouge - Usine de La Flèche.
LIBRAIRIE GÉNÉRALE FRANÇAISE -
ISBN : 2 - 253 - 00135 - X

Littérature, roman, théâtre, poésie, essais

Delarue (Jacques).
Histoire de la Gestapo,
2392/6*****.

Del Rey (Lester).
Le Onzième commandement,
7010/9***.
Psi, 7043/0***.

Delteil (Joseph).
Sur le fleuve Amour, 3247/1*.

Déon (Michel).
Je ne veux jamais l'oublier,
3188/7***.

Derogy (Jacques).
La Loi du retour, 3495/6***.

Déry (Tibor).
Cher beau-père, 4909/5*.

Deschamps (Fanny).
Croque-en-bouche, 5364/2****.

Descola (Jean).
Les Conquistadors, 5337/8*****.

Detrez (Conrad).
L'Herbe à brûler, 5412/9***.

Devos (Raymond).
Sens dessus dessous, 5102/6**.

Deza (Albert).
Le Châle de Manille, 4828/7***.

Dick (Philip K.).
En attendant l'année dernière,
7000/0***.
Le Temps désarticulé, 7021/6***.

Dorgelès (Roland).
Le Cabaret de la belle femme,
92/4**.
Les Croix de Bois, 189/8****.
Bouquet de Bohème, 3310/7**.
Le Marquis de la Dèche, 3986/4**.

Doris (Pierre).
Pierre Doris, raconte..., 5247/9**.

Dormann (Geneviève).
Je t'apporterai des orages,
3540/9**.
La Fanfaronne, 4160/5**.
Le Chemin des Dames, 4899/8**.
La Passion selon saint Jules,
5122/4**.
Mickey, l'Ange, 5215/6***.

Dreyfus (Paul).
Histoires extraordinaires de la
Résistance, 5228/9****.

Drieu La Rochelle (Pierre).
La Comédie de Charleroi,
2737/2**.

Droit (Michel).
LE TEMPS DES HOMMES :
1. Les Compagnons de la Forêt-
   Noire, 3588/8***.
2. L'Orient perdu, 3589/6***.

Druon (Maurice).
La Volupté d'être, 1493/3**.
Alexandre le Grand, 3752/0***.
La Dernière Brigade, 5085/3***.
Le Bonheur des uns..., 5138/0****.
LA FIN DES HOMMES :
1. Les Grandes Familles, 75/9***.
2. La Chute des Corps, 614/5***.
3. Rendez-vous aux Enfers,
   896/8***.
LES ROIS MAUDITS :
1. Le Roi de Fer, 2886/7***.
2. La Reine étranglée, 2887/5***.
3. Les Poisons de la Couronne,
   2888/3***.
4. La Loi des Mâles, 2889/1***.
5. La Louve de France, 2890/9***.
6. Le Lis et le Lion, 2891/7***.
7. Quand un roi perd la France,
   5252/9***.

Duchaussois (Charles).
Flash ou le grand voyage,
3730/4****.

Duhamel (Georges).
Le Voyage de P. Périot, 2601/0*.
Deux Hommes, 2796/8**.
Journal de Salavin, 3177/0**.
Le Club des Lyonnais, 3195/2**

Dulles (Allen).
Les Secrets d'une reddition,
2835/4**.

Dumas Fils (Alexandre).
La Dame aux Camélias,
2682/0***.

Dumitriu (Petru).
Rendez-vous au Jugement dernier,
2653/1**.
Incognito, 3599/5****.

Dupuy (Fernand).
L'Albine, 5325/3***.

Durand (Loup).
Le Caïd, 4974/9*****.

Duranteau (Josane).
Vie d'Albertine Sarrazin, 4207/4**.

Durrell (Lawrence).
Mountolive, 1130/1***.
Vénus et la mer, 3514/4**.

Dusolier (François).
L'Histoire qui arriva à Nicolas
Payen il y a quelques mois,
7425/9***.

Dutourd (Jean).
L'Ecole des Jocrisses, 3712/4*.
Pluche ou l'Amour de l'Art,
3991/4***.
Carnet d'un émigré, 4816/2**.
Le Printemps de la vie, 4943/4***.

Guitton (Jean).
Portrait de M. Pouget, 1810/8**.

Guth (Paul).
Le Naïf aux 40 enfants, 503/0**.
Le Naïf sous les Drapeaux, 1164/0**.
Le Naïf locataire, 1662/3**.
Mémoires d'un naïf, 2195/3**.
Les Sept Trompettes, 3268/7*.
Quarante contre un, 3493/1**.
Le Chat Beauté, 4981/4****.
Lettres à votre fils qui en a ras le bol, 5101/8**.

Haedens (Kléber).
Salut au Kentucky, 2780/2**.
L'Eté finit sous les tilleuls, 3962/5*.
Adios, 4889/9****.

Haedrich (Marcel).
Belle, de Paris, 4217/3****.

Hailey (Arthur).
Airport, 3114/3****.
Detroit, 4149/8****.
Bank, 5087/9****.
Black out, 5417/8*****.

Hailey (Arthur) et Castle (John).
714 appelle Vancouver, 7409/3**.

Halévy (Daniel).
LA FIN DES NOTABLES :
1. La Fin des Notables, 3432/9**.
2. La République des Ducs, 3433/7**.

Halimi (Gisèle).
La Cause des femmes. 4871/7**.

Hallier (Jean-Edern).
Chagrin d'amour, 4725/5**.
Le Premier qui dort réveille l'autre, 5286/7*.

Halter (Marek).
Le Fou et les rois, 5060/6***.

Hamelin (Daniel).
Les Nouveaux « Qui-colle-qui ? », 4935/0*.

Hamsun (Knut).
Mystères, 5142/2***.
Victoria, 5418/6*.

Hardellet (André).
Les Chasseurs, suivi de Les Chasseurs II, 5000/2*.

Hardy (René).
Sentinelle perdue, 1229/1*.

Hardy (Thomas).
Tess d'Urberville, 184/9****.

Harness (Charles L.).
La Rose suivi de La Nouvelle Réalité, 7055/4**.

Harris (André) et Sédouy (Alain de).
Juifs et Français, 5348/5****.

Hasquenoph (Marcel).
La Gestapo en France, 5104/2****.

Heinlein (Robert A.).
Révolte sur la lune, 7032/3*****.
En Terre étrangère, 7041/4*****.

Hemingway (Ernest).
Pour qui sonne le Glas, 28/8****.

Hémon (Louis).
Maria Chapdelaine, 685/5**.

Hennig (Richard).
Les Grandes énigmes de l'univers, 6814/5**.

Henriot (Emile).
La Rose de Bratislava, 465/2*.

Herbert (James).
Celui qui survit, 7437/4**.

Héron de Villefosse (René).
Histoire de Paris, 3227/3**.

Hersey (John).
Une Cloche pour Adano, 249/0*.

Herzog (Maurice).
Annapurna, premier 8000, 1550/0****.

Hesse (Hermann).
Narcisse et Goldmund, 1583/1***.
Le Loup des Steppes, 2008/8**.
Siddhartha, 4204/1**.
Rosshalde, 4773/5***.
Le Dernier été de Klingsor, 4932/7***.
Peter Camenzind, 5076/2**.
Demian, 5300/6**.

Heyerdahl (Thor).
L'Expédition du Kon-Tiki, 319/1****.

Higgins (Jack).
L'Aigle s'est envolé..., 5030/9****.

Highsmith (Patricia).
Le Cri du hibou, 4706/5***.
L'Amateur d'escargots, 7400/2***.
Les Deux Visages de Janvier, 7414/3***.
Mr. Ripley (Plein soleil), 7420/0***.
Le Meurtrier, 7421/8***.
La Cellule de verre, 7424/2***.
Le Rat de Venise, 7426/7***.
Jeu pour les vivants, 7429/1***.
L'Inconnu du Nord-Express, 7432/5****.
Ce mal étrange, 7438/2****.
Eaux profondes, 7439/0****.
Ceux qui prennent le large, 7740/8***.

Hillel (Marc).
Au nom de la race, 4910/3****.